シーザー アンド アイ

――総督ガイウスとアミアンの巫女――

Contents

前口上

毎度おなじみ世界史放浪中の江森　備です。「読み切り古代ローマ」も、おかげさまをもちまして三作目となりました。今回もまた英語タイトルで、「シーザー（ジュリアス・シーザー）＝《イコール》カエサル（ガイウス・ユリウス・カエサル）」というのは前の二作とおなじなのですが——。

今作は、チョト味付けがかわります。物語は、シーザー（カエサル）本人ではなく「シーザーアンドアイ」の「アイ」のほう——十四歳の巫女《みこ》見習いを中心に展開します。じつに元気な女学生です。

さらに——、副題にある「ガイウス」は、カエサル（シーザー）の個人名。ですから前二作からのかたも、どうぞご安心ください。彼も、ちゃんと登場します。また、あのなつかしい人も、ちょっぴりですが顔を出します。

で、すでにお気づきとはおもうのですが——、これ、「原作」は、そのカエサル本人著の「ガリア戦記」。ものの本によれば、欧米では「ガリア戦記を下敷きにモノを書くのは、アホのしるし」とか——（笑）（汗汗）（泣っ）。

お楽しみいただければ、とてもとても幸いです。

江森　備　敬白

月とすばる

I

――大丈夫？　誰もついてきていない？――

見習い巫女のドニは、意を決して立ち止まり、道の真ん中で、ぱっと、来た道をふりかえった。

ガリアの森は、秋に入ろうとしている。

かわき始めた葉や枝には、もう真夏のような力強い風音はない。常緑のブナや樫に、そろそろ落葉のはじまるシラカバやカエデの混じるふかい木立ちは、見まわしてみても、どうやら、誰の気配も隠していない――ようにみえる。

十四歳のドニはちょっとほっとして、それでも少しはまだ警戒しながら、森をさらに、分け入っていった。

この先は、御留《おとめ》めの森――伐採を禁じられている巨樹の森だ。ドニはまよわず、一本道をすすむ。

この道の先には、去年まで、この森の主のような、イチイの大木があって、秋になると、おいしい甘い実をたくさんつけてくれた。

種に毒のあるイチイの実は、森では、鳥も獣も決して食べようとせず、指先で器用に、柔らかいおいしい皮のところだけを、そっとむきとって食べられる、人間専用のごちそうだ。しかも実は出来たそばからポロポロ落ちてくるので、この木の下では、ドニたち女の子も、リスや小鳥と喧嘩せず、町の男の子たちの手もかりずに、大いにたのしむことができたのだが――。

この道は、その大木が、雷で倒れ、「木の魂を鎮める祈り」とともに、静かにはこびだされていった道だ。

運のよいことに、稲妻は根かたを直撃し、同時に降っていた豪雨のおかげで、大火事にもならずにすんだ。そのうえ、町の大人たちにとってはたいへん都合のよいことに、その魂《たま》しずめのおわったころ、ローマ人の商人がきた。彼らによって、木はまるごと、すぐに買い取られていったのだ。

ローマ人たちはその木で、船をつくるのだという。雷の神は、彼らにとっては世界の最高神で、その力で倒れた木は、縁起がよいとされるらしい。

イチイの木のあった場所は、まわりにすこし焦げが残ってはいるが、太い木の根株が、まるで妖精王の椅子のように鎮座するのをまんなかに、ぽっかりそこだけ青空のみえる、小さな草地になりはじめている。

ドニはひろびろとしたその「玉座」によじのぼり、そのうえにすわりこんだ。

太い木。

ドニは、空をみあげる。

いまごろは、みごとな新造船になって、明るい太陽の下、どこかの海か川を、はしりまわっているのだろう。

初秋の、すこし湿った風が、さらさらと森を鳴らす。おいしい実がなくなってからは、ここには誰も来なくなり、静けさにみちた暗い広場は、ドニにとって、故郷を思い出させる「秘密の場所」になりつつあった。

ここでぼんやり、あの雲をながめていられたらどんなにいいか——。

ドニは、稽古をはじめた。


——テウタテス、エスス、ケルヌンノス、タラニス、ベレニス、マナナーン。——


「神々の名の暗誦」だ。人前でなど、とてもできない。

ドニたちの「アミアン巫女学校」では、入りたての幼年生——五歳か六歳の子供たちが、一年たらずでおぼえ、二年目の「小年生及第試験」で、独特の節回《ふしまわ》しとともに、これを暗誦してのける。

ドニは、もう十四歳だ。冬がすぎればもう「中年生」も三年目。まだやっているというのは、とてもとてもはずかしいことだ。


否。

もちろん、ドニにだって言い分はある。

なにしろ、ガリアの神々ときたら、全部で三百七十四人もいるのだ。幼い子供であれば、すなおに名前だけをすらすらおぼえられるものを、年かさのドニはいろいろ考えて、そこでつっかえてしまう。

それに——

ドニは、同年齢の皆より、ずっとおくれて修行をはじめたのが、いけない理由の第一番だ。彼女が入学したのは、四年前、十歳をこえてからのこと。女の子でありながら、この年齢ですでに読み書きができるという、世俗の世界では夢のような幸運も、ここでは、残念なことに修行のさまたげでしかない。手覚えにと、母の形見のハンカチに書きつけたものをとりあげられてからは、ドニの記憶力は、まるで魔法にかかったかのように、頼りなく、痩せほそってしまった。

覚えてはいる。名前をいわれれば、その神がどんな神で、どの地方で信仰されているかも答えられる。ベレニスといえば太陽神で大地の女神アナの夫。マナナーン・マック・リルはブリタニアの海の神で、それは目の覚めるような独身の美男子だ。

なのに、「何番目から何番目までを節《ふし》をつけて」などといわれると、順番も節も、めちゃくちゃになってしまうのだ。

――スケルクロス、スメルトリオス、アルタイオス。――

よし、できた。重要な六十九人のうち、男神の名はここまでだ。順序もたぶん、大丈夫のはず。次は女神。男神たちの妻たちだ。

――アナ、ダモナ、エポナ、ネメトナ。――

ええと、ネメトナは戦女神で、エスス神の妻だから――。

――ベリサマ、シローナ、ロスメルタ、シローナ……。――

ええと、次は――ロスメルタ――?

「わあっ、ああああーーーっ。」

ドニは、「玉座」に仁王立ちになり、はげしくじだんだをふみ、せっかくおさげに結ったきれいな金髪に、指をつっこんでかきまわした。

「できないッ。できないわよう。無理、無理、ぜーーったい無理!」

そのとき、ドニは、すこしはなれた藪のなかで、なにかが唸ったのを聞き逃した。カエデの木の下の、ラズベリーとタイムがからみあった藪のしたで、低い唸り声がした。

この時期、森で唸るのはクマやオオカミばかりではない。冬ぞなえのために、昆虫たちも気が立っている。最もおそろしいのは、ハチだ。タイムの花の甘い蜜はハチの大好物。ドニの着ている巫女学校の暗い茶色の制服は、なぜかハチたちにもっとも嫌われている。

むくり。

藪をはねのけるように、なにかがおきあがってきた。

ドニは、はっとして叫ぶのをやめた。

「む、むううう。」

にゅっと、人間の手があらわれた。

「あーあ、せっかくいい歌に聞き惚れていたのに。——ねえきみ、つづきを歌ってくれないかね。そんなものすごい声をださずに。」

ドニは警戒し、切り株のうえで身をかたくした。ガリアの言葉ではない。ラテン語だ。

髪のみじかい男が、向こうむきで、伸びをしながらおきあがった。

ローマ人だ！

ドニは切り株の上で、みがまえた。

ひろい背中に、トーガという、大きな毛織の布が、斜め掛けされている。ドニたちガリア人からみれば、下着に毛布を巻いているのと大差ない。以前、故郷で、父をたずねてきたローマ人たちをはじめて見たときは、この人たちはみんな病人なのかと、幼な心におどろいたものだ。

男が、もそもそと身じろぎし、こっちをむいた拍子に、ちょっと笑ったので、ドニはおもわず笑いかえした。その照れたような笑顔が、とてもチャーミングだったからだ。髪はちょっとうすくなりかかっているが、ひげのない顔が、とても若々しい。

いやいやいや、油断してはだめだ。どんなに笑顔が魅力的でも、おでこが多少「広く」なりはじめてる以外は、じゅうぶんハンサムで、無害そうな中年男にみえても、ローマ人には、用心しなくてはならない。

「ああ、ごめんごめん。言葉、わからないね。驚かないで。わたしはローマ人だ。わ、た、し、は、ロオー、マ、人。」

中年男は、ラテン語と、下手なガリア語をくみあわせて言い、縁かざりのみごとなトーガをかきよせてたちあがった。

軍団兵――？

ローマ人にしてはたくましい体格、すらりとした上背に、ドニは目をうばわれた。でも、へんだ。兵士なら、トーガでなく鎧とマントを着ているはず――。

「わたしはローマ人だ。すぐそこの、軍団冬営地からきた。」

ガリア語で、彼はくりかえした。

「きみは、だれ？」

ドニはラテン語を話せる。故郷にいるころ、父に習った。

「あなたがローマ人なのは見てわかります。」

警戒をとかず、相手を近寄せないようにしながら、ドニはいった。

「どちらの軍団の、なんというかたでしょうか。お名乗りにならないなら、わたしもただ『ガリアの女』としかお答えいたしません。」

とたん、男の顔に、また、あの人好きのする笑みがひろがった。

「いや、これは失礼した、お若い淑女。――第十軍団だ。カエサル第十軍団の――、わたしは軍団会計官ガイウスというものだ。」

ローマ人はトーガにくっついた枯草をはらって、切り株の上のドニをみあげた。

「で、お若い淑女、あなたは？」

「――――。」

ドニはだまりこんだ。あいてが、こちらを騙そうとしているのをみやぶったからだ。彼女はガリア語で叫んだ。

「うそよ。子供だとおもっていいかげんなことを。――軍団会計官て、もっと若い人のお仕事だわ。あなたいくつ？　軍団づきの会計官にそんな中年のひとがいるもんですか。近寄らないで！」

通じたのは、あきらかだった。中年男のハンサムな顔に、困ったような笑みがうかんだ。それが悲しそうにみえ、ドニははっとした。

わたし、悪いことを言ったかしら。

もしかして、このひとは、若いころからずっと、ぜんぜん出世もできずに、軍隊でいちばん下っ端の、軍団会計官をしてきたのかも――。

「――ドニ。」

「え？」

「だから、名前。ドニ。トレヴェリ族の娘ドニよ。」

「ドニか！」

中年男は、大げさに手をひろげた。

「ドニ！　それはすばらしい名だ。きみの名は喜びにみちている。なぜならばそれは、トラキアのディオニュソスに由来する名だからだ。」

中年は駆けよってきた。あろうことか、根株の「玉座」にとびのってこようとした。

「近づかないで！」

ドニはびっくりし、大声を出し、あいての腕を避けて、すばやく切り株からとびおり、そのまま、後《あと》もみずにかけだした。

「待ってくれ。逃げないでくれ。わたしは――。」

背中から、中年の声がおいかけてきた。ドニはにげた。

ローマ人には用心しなくてはならない。彼らは男ばかりでガリアにきていて、しかも女が大好きだ。だいたい、女の前でズボンもはかないだなんて、それだけでもどんな性質の人たちか、わかろうというものではないか。軍団でいちばんえらいユリウス・カエサル（＝ジュリアス・シーザー）という将軍などは、もう娘も人妻も見境いがなく、行く先々でガリアの貴婦人と、派手な浮き名をながすというので、それはそれは有名なのだ。

ドニはにげた。ローマ兵なんかがうろつくこの森で、暗誦の稽古などもうできない。ああ、でも、どうしよう。どこで稽古をしたらいい？　ほかに、人目のない、安全そうな場所なんか思いつかないのに――。

ガリア属州総督カエサルとその七つの軍団――。

いま、このアミアンの地は、はるばる、アルプスのむこうからやってきた、ローマ共和国軍七個軍団の「冬営地」として、土地を、使用されている。

ローマ軍が来る。

さいしょ、それをきかされたとき、ドニはてっきり、彼らが、町を占領しにやってくるのだと思った。

四年前――

ローマ人たちは、彼らの呼ぶところの「属州ガリア」（北イタリアとプロバンス＝ガリアの最南端）から、境界をこえて、ドニたちの住む「長髪のガリア《ガリア・コマタ》」（それより北の大部分のガリア）に入りこんできた。

この、「属州」だの「長髪の《コマタ》」だのいう呼び方については、ローマがわのかってな区分けであり、ガリア人は本来男も女も、髪は長く伸ばしっぱなしにするのがただしい。短髪は、すでにローマの属州になっている土地のガリア人たちが、ただローマ人たちの習慣に合せているにすぎないのだ。――自分たちの習慣こそが唯一正しいと考えるのは、ローマ人たちの、わるいくせである。

ドニたちにとっては、アルプスの北にひろがる、オーベルニュ、ブルゴーニュ、パリ盆地、そして、このアミアンの町のあるピカルディーからベルギーにかけての「ベルガエ」をふくむ、「大部分のガリア」こそが「本来の」、つまり「自分たちのガリア」なのであるが――軍事力とはおそろしいもので、今、とくに貴族階級と、商売をする大人たちはみな、ローマ人にあわせて、自分たちを、「長髪《コマタ》」と呼ぶようになってしまった。

そもそも、ローマ軍が、なぜ、自分たちの守備範囲をこえて、ここ「ズボンと長髪の」ガリアまでやってきたのか。

それについては、ドニにはわからないいろいろな理由があったようだ。

さいしょのうちは、アルプスの近辺で、弱小部族を、乱暴なゲルマン人から守ってやったりしていたらしいのだが——。

ともあれ、総督カエサルは、その七つの軍団を手足のごとくつかいこなして勢力を拡大し、侵入の翌年には、ひろいガリアを縦断して、この最北端ベルガエ（北東ガリア）の地に、到達してしまった。

自主独立の志もたかい長髪ガリア人たちは、まず自分の部族だけで戦おうとし、駄目だとわかると、慣れぬ「部族連合」を組んだ。すべてあわせても五万たらずのローマ軍を、十万単位の騎馬団でとりかこめば、勝てるはずだと考えたのである。

これが、なぜかうまくいかなかったのだ。

武運つたなく、多くの部族がローマの軍門にくだった。

聞くところによれば、ローマは敗北した部族から、身分ある人質を大勢とり、例外なく、騎兵として軍務につかせているという。

なかでも、ひどい目にあったのは、アドアトチ族だ。最後まで抵抗をやめず、あいての油断をついて、もうすこしで勝てるところまでいったこの部族は、降伏した部族五万人、男はもちろん、女子供から老人まで、一人のこらず奴隷として売り飛ばされてしまった。

幸いにも、ベルガエの中心地であるアミアンは、どこの部族にも属さない「自由市」であったため、戦いにはくわわらず、人質も奴隷もとられずにすんだのだが――。

こんどこそ戦争になる。町が戦場になる。巫女学校なんか廃止されて、とくにアドアトチ族の娘らは、探しだされて女奴隷にされる。

わるいうわさはすぐにひろまり、ドニたち中年生は、団結して彼女らをかくまいぬこうと気勢をあげ、副校長のミルチ先生のとめるのもきかず、校長である大巫女エニヤさまの洞窟におしかけて騒いだ。

――おちつきなさい、娘たち。大丈夫。占領と冬営は違うのですから。――

若き大巫女エニヤさまの御声は、そのときもいつもとかわらなかった。いつもの、あのよくひびく低い御声で、ことをわけてドニたちをしずめた。

――ローマ人たちは、アミアンの町の城壁のとなりに、自分たち専用の町――陣営を、つくるだけです。わたしたちの町には指一本も触れません。戦争も略奪もなし。だれですか、生徒が奴隷にされるなどと言いひろめたのは。この大巫女エニヤが、そのようなことを許すとおもうのですか？――

やってきたローマ軍団は、アミアン城壁のとなりに、すぐに冬営地を完成させた。工事はなんと、たった一日でおわった。四万人もの男たちの住居が、朝、測量がはじまったと思ったら、夕方には「町」として建ちあがっていたのである。

いったい、どうやって？

ローマ人は、魔法でもつかうの？

女子ばかりとはいえ、みな、一族の期待を背負った優秀な巫女見習いたちだ。生徒らはまたひとしきり騒ぎ、中には興味津々、そばに行ってみたがるものもいたが、それは副校長のミルチ先生が断固として許さなかった。

——アミアン巫女学校は、名門中の名門。——

ミルチ先生は、そのとんがった鼻の先をつんと上にむけて、生徒たちをしかりつけた。

——あなたがたはオルレアンの賢者学校と同列の、ガリア最高学府の生徒なのですよ。中年生にもなって、はずかしく騒ぎ立てて、ローマ人どもに笑われたら何とします。お控えなさい。——

副校長ミルチ先生は、きびしいだけでなく、すこし意地悪だった。

南ガリアの「オルレアン賢者学校」で、男子学生と肩をならべて、「ドルイド教」の真髄たる「古詩学」と、「仲裁法大全」をおさめてきた先生は、先の大巫女さまが亡くなられるときに、当然ご自分があとつぎと思っていたのに、一番下位の、それも新入りの「すり鉢使い（＝薬草学者）」（もちろんエニヤさまのこと）がご指名にあずかったというので、それ以来、「きびしい」にも「意地悪」にも磨きがかかってしまった。

当然、エニアさまに対しては大きな屈託をお持ちで、お立場上、へりくだってはおられるが、内心は——。

——と、これは、ドニたちの上級生——十六歳から二十二歳くらいまでの「高年生」が、こっそり流しているうわさなのであるが——。

それゆえ、ドニは、寄宿舎長の上級生から、三番大教場で、そのミルチ先生がお待ちだ、と告げられたとき、先生のそのとんがった鼻とひっつめた白っぽい金髪、あんなにやせているのにどこから出るのだろうという大音声をおもいだして、ぞっと身震いしたのだった。

「はやく行って。」

寄宿舎長の上級生も、おなじことをおもったようだ。

「おくれるとわたしまで叱られるから。」

三番大教場は、この学校にはめずらしく、「石板」のある教室だった。頑丈なオークの一枚板の壁に、巨大な黒い石板がはりつけてあって、ミルチ先生は、今しがた終えられたばかりの講義の文字を、しずかに拭き消しておられるところだった。白い蠟石でかかれた、きれいなギリシャ文字だ。「部族内法大系」、と読める。

——法律学だけが、ここでは、文字をつかう学問だった。この時代、ガリア語に、固有の文字はない。もうすこし時代がたつと、「ルーン文字」というのがでてくるが、それもまた、ギリシャ文字をくずしたものだ。それゆえ、この時代のガリアの人々——ことにローマ人から「外ガリア」ともよばれているこのあたりの人々は、商取引などの世俗のあれこれについて、ローマ人たちがつかう、ラテン語やギリシャ語の文字を代用していた。ふつう、アミアンの女学生は、十二年生——高年生になってから、正式に文字を学びはじめる。

「ドニ・トレヴェリカが参りました、ミルチ先生。」

ドニは入口のところで自分でそう言い、その場で、ご用を待つ姿勢でかしこまった。頭をさげていたのでわからなかったが、先生のするどい緑色の目が、じろりと、こちらを見るような、間があった。

「ドニ・キンガ・トレヴェリカ。」

先生は、ドニのフルネームを呼んだ。

「暗誦の稽古は、すすみましたか。」

「古詩学」教師でもある先生は、ドニのことを、学校一番の劣等生として記憶しておられるのだろう。

「は、はい――あの、先生――。」

いいえ、とは緊張で言えず、ドニは口ごもった。

「ふうん――。」

先生は、教壇をはなれ、ゆっくりとちかづいてこられた。

ドニはいったい何をしかられるのだろうと思い、それでもおびえてあとずさったりはすまいと、足に力をいれた。先生が口をひらいた。

「ダグザ神の持ち物は。」

「鍋です、先生。」

即座に、ドニはこたえた。

「『ダグザの大鍋』には、つねに麦粥が煮えていて、誰がどれだけ、いちどきにどんなに大勢で食べても、なくなるということはありません。」

するとそ先生は、アルプス生まれの人特有の、ぴんととんがった鼻を、ふむ、と鳴らしてうなづき、ついてきなさいといって、ご自分が先にたって歩きだされた。

放課後の校内は、いつも女の子たちの話し声でいっぱいだ。

幼い小年生はもちろんのこと、学校全体が、この時間は、それこそ沸騰した鍋のようになる。それが、女の子ばかりなものだから、まるで、何千羽もの小鳥がさえずっているみたいだ。

とおりぬけるあいだ、ドニは、せめて同室の子と同級生たちだけでも、その無法行為が先生のお目にとまりませんように、と心のなかで女神マトレスに祈った。すぐそこで、ほうきを振りまわしている子がいる。あっ、だめよ、イラクサの糸玉なんか投げちゃ。編み物になったときに着る人に害をなすんだから。ああ大変、みんな。ミルチ先生よ！

ミルチ先生は、だが、お急ぎのようで、この場では、規則違反の子の顔をみて覚えただけだった。

ドニはちょっとほっとし、先生が姿をあらわしたせいで、静けさが、一瞬にして、風のように端の端までゆきわたってしまった廊下を、これからしかられる生徒らしく、顔をふせて、先生にしたがって歩いた。

女生徒たちは、お行儀よくかしこまって道をあけている。

まるで、身を避けているみたい。

ドニは思い、これが大巫女エニヤさまなら、みんな喜んでかけよってくるのに、と、こんな時にしてはうかうかと、ミルチ先生をちょっと気の毒に思ってしまった。先生は無言で、荒野でも行くように、冬でも青い芝生の中庭から、頑丈な土壁でできた渡り廊下や、石づくりの門をとおりぬけて、学校の象徴である「聖リンゴ林とエニシダの園」に入った。

どこへ連れて行かれるんだろう。

このあたりまでくると、生徒の姿はほとんどない。ここは、先生がた——とくに、高位の先生がたのお住まいだ。

ここのいちばん奥が、ミルチ先生の一軒家だったが、先生はその、栄えあるオルレアン賢者学校卒業生のしるし、「トネリコの葉とニワトコの枝」の紋章入り玄関を素通りした。

えっ、もっと奥?

この先は、「薬草園」で、あとは代々の大巫女さまが、五百年にわたってお住まいにされていた、洞窟があるだけだ。

ドニは立ち止まりかけ、まるで北風のエルフのようにどんどん先へいってしまうミルチ先生を、あわてておいかけた。先生は薬草園をとおりすぎた。もうこの先には、本当に、わずかな岩清水にはりついたウメノキゴケの群生と、エニヤさまの洞窟があるだけだった。

「連れてまいりました、大巫女さま。」

ミルチ先生が入口で声をかけると、格式のたかい格子縞の幔幕《まんまく》のむこうから、やわらかな声がかえってきた。

「おはいりください、ミルチ先生。ドニもいっしょに。」

大巫女さまの洞窟に、名指しで呼ばれるだけでも名誉なことだった。ドニの心臓は高鳴っていた。このなかに、もっと緊張する、仰天ものの状況が待っているなんて、想像もしていなかった。

エニヤさまの洞窟には、先客がいた。

「総督どの。」

エニヤさまが言った。

「おさがしのドニがまいりましたよ。」

総督、とよばれた人が、トーガのすそを揺らしてふりかえった。見覚えのあるトーガだった。エニヤさまが言った。

「ドニ。御挨拶なさい。ガリア属州総督どのですよ。」

ぞ、属州総督?

ドニは不作法にも、口をあんぐりとあけてその人をみあげた。エニヤさまがもういちど、その人の名前をいった。――属州総督? ガリア属州総督のガイウス・ユリウス・カエサル、って、あの?

そう。そこには、イチイの木の根株のところで会った、あの中年のローマ軍団会計官が、見覚えのある笑顔で、立っていたのだ。

「本当は、転入生をひとり、お願いしたかったんだ。ここが女子だけの寄宿学校だなんて、わたしは知らなかったものだから――。」

中年の――ドニの父親よりちょっと若いくらいの、ガリア総督――ガイウス・ユリウス・カエサルには、ふつう、そんな地位にあるものにはかならずあるはずの、なんというか、無駄に偉そうな感じが、まったくなかった。

――今年のブリタニア遠征で、若い王子をひとり、連れて帰ってきたんだが――、と、カエサル総督は、「アミアンの大巫女」エニヤさまの前だというのに、じつに「友好的すぎる」調子で、ドニに話しかけてきた。

「いや、心配しなくていい。人質ではないんだ。ソールズベリの賢者学校へ行くというところを、まあその――、保護したんだよ。」

そこまできいて、ドニにも、そのこみいったらしい事情が思い当たった。それは、群雄割拠のガリアでは、じつによくある話だったからだ。

その若い王子は、たぶん、なにかの理由で部族の中にいられなくなったのだ。女の子であれば、「留学」や「嫁入り」を口実に目こぼしにでもなったのだろうが、男子ではそうはいかない。「一族の地」を出たところから、王子は彼を邪魔に思う誰かの放った殺し屋に追跡され、命の危険にさらされていたのだろう。

「わたしは何をすればよろしいのでしょう。」

ドニは、大人たちに、精一杯、背のびした口調で言った。ミルチ先生が、おごそかにこたえた。

「大巫女さまの思し召しを聞きなさいドニ。これから、『ローマ月の六日』、ガリアの『逆《さか》さ三日月の日』から二日おきに、ローマ軍の陣営に通う、このわたし、ミルチ・ヘルヴェティの供をいたすように。」

うむ、と属州総督がうなづいた。

「王子の望みは『勉学』なんだよ。」

ミルチ先生の嫌味などおかまいなしに、彼はじつに「友好的」につづけた。――もしかしたら、こういうときにガリア語でどう言えばいいのかをしらないのかも、と、ドニは思った。

「王子は従者ともはぐれて一人ぼっちだ。わかるね。友達になってやってほしいんだよ。」

明日！

ドニは期待した。

ガリア暦でもローマの暦でも、ちょうど明日がその日だった。ローマ暦の「十一月の六日」は、ちょうどガリアの「夏三の月の二十七日」にあたるのだ。

ドニは、期待した。

お粗末なことに、ドニがブリタニアについて知っているのは、ただ海神マナナーン・マック・リルの神話だけ。マナナーン・マック・リル！　大海原を、白馬のひく戦車を駆って疾走する、絶世の美男子！

ドニの頭のなかには、大巫女さまの洞窟を出、聖リンゴ林の前をぬけて、教場棟の手前の、寄宿舎との別れ道にくるまでのあいだに、金髪で青い目の、十七歳くらいの、たくましくも超美形な王子さまと、それをお助けする戦巫女になった自分との、長大な恋愛冒険物語ができあがっていた。

教場棟と寄宿舎の別れ道には、知恵の女神ベリサマの、小さい祠《ほこら》がある。

その前までくると、先をあるいていたミルチ先生が、ためいきをついて立ち止まった。

「ローズマリの苗とセージの種――。」

「なんでしょうか、先生。」

ドニの妄想は、なんとか故国へ帰ろうとする王子とふたり、イティウスの港から嵐の海峡へ漕ぎだそうというところまでいっていたのだが、ミルチ先生の次の言葉で、それはいっきに吹き飛んだ。

「『子守り料』ですよ、そのありがたい王子さまの。ローズマリの苗とセージの種。わたしたちは、エニヤさまご所望の草と草の種のために、余計な労働をおしつけられたのですよ。」

「えっ。」

わけがわからず、ドニはミルチ先生をみた。先生は言った。

「あなたも覚悟なさいドニ。兄弟に男の子はいますか。その王子さまは五歳。親の目のとどかない五歳の男の子です。ブリタニア人は凶悪ですから、どんな乱暴をするか、知れたものではありませんよ。」

ドニはたちつくした。ミルチ先生は、額に手をやり、困惑しきったごようすで校舎のほうへむかわれた。

「まったく、どうしてオルレアンの賢者学校に送ってしまわないのかしら。なんてことでしょう。女の子だって、小年生は大変だというのに――。」

II

翌朝、
夜のあけぬうちからドニはミルチ先生に起こされた。

「いそいで。部屋のものが起きださぬうちに。」

六人部屋には仕切りもなく、明かりは先生の持つ小さな手燭だけだった。友達を起こさないように注意しながら身支度をおえると、そのまま先生について、足音をしのばせ、普段はつかわれていない学校裏門に出た。冬営地からの、迎えが待っていた。

「カエサル家の執事、メリプロスでございます。」

うすい色の髪と目で、一目でガリア人とわかる青年は、丁寧なガリア語で挨拶をした。すこし、南部なまりがある。その首に、細い鎖がかかっているのをみて、ドニはぞっとした。

このひと、奴隷だ。

ギリシャ風の名前は、そのせいだ。ローマ人はギリシャが大好きで、奴隷はギリシャ人でなくとも、ギリシャ風の名をつけられることがあると、父にきいたことがある。

そうだった。ローマ人にとって、わたしたちガリア人は、捕虜にしても奴隷にしてもかまわない民なのだ。あの、人の良さそうなカエサル総督だって、本当には信用できない。もしなにかあれば——このまま、冬営地から帰れないことだって——。

青年奴隷が言った。

「お急ぎください。霧がはれるまでに、谷を抜けねばなりません。」

「そうですね。」

ミルチ先生はおちついていた。

「ぐずぐずしていると騒ぎになりますから。」

冬営地は、アミアンの町の城壁から、浅いなだらかな小谷をひとつまたいだ平地にある。

毎年、夏のあいだは馬場としてつかわれるところだ。谷をぬけるまでは、冷たい霧のせいで見通しがきかなかったが、上り道の途中で、霧は晴れはじめた。

ミルチ先生がたちどまった。ドニもみあげた。

ローマ軍の陣営。これが——。

門も境界柵も、なんて細くてうすべったいのだろう。丸太や板をならべただけのしろものだ。

遠目に堅固にみえたのは、土台の土塁がしっかりしているからで、そばに寄ってみると、手前の濠《ほり》さえなんとかできれば、大軍の一押しで、簡単に倒せることまちがいなしだ。

これなら、わがガリアのほうが、村や町をかこむ城壁の頑丈さだけみても、よほどすぐれている。

防柵を入ると、中は雑然としたところがまったくない、すべてが四角四面の世界だった。

大小の建物、テント、厩舎。道までがきっちりした直線と直角。いくつもの小屋がけがたちあがっているが、どうやらそれは、全部が材木でできているようにみえる。

ローマ人はレンガを知らないのかしら。

ドニは見まわしながら思った。

アミアンの冬は寒い。雪も降る。あの「毛布（=トーガ）」と、こんな板張りだけで、どうやってしのぐつもりなのだろう。

「まずは朝食を。」

青年奴隷メリプロスが言った。

「王子がお住まいでお待ちです。今日は旦那さまもご一緒いたします。」

陣営中枢部にはいっていくと、さらに驚いたことに、建っているのはまだ天幕ばかりだ。あちこちが、工事中とみえ、材木が積まれている。

つまり――ローマ人たちは、将軍や指揮官たちの住まいよりも、まわりをかためる一般兵士たちの宿舎のほうを、先に作っていることになる。

ガリアの民なら、部族総出で、真っ先にまん中に、堅固な「部族長（上王《キィン》）の館」をこしらえるところなのに――。

通りに兵が群れはじめたが、ドニたちを不作法にながめたり、呼びとめたりするものは皆無だった。

いやな思いをするのを覚悟していたドニは、ちょっと安心して、それで、通りにでてくる彼らに、それとなく目をやる余裕がでた。

どの人も、短髪だ。みんな、きびきびと、若々しい。トーガ姿ではない軍装の人たちは、よろいの下に、みじかいチュニックをきているだけで、だれもズボンをはいていない。その、よろいさえ着ていない人もいる。

秋のはじめとはいえ、朝がたはけっこう冷える。見ているだけで、背中がぞくぞくしてきそうだ。

司令部向かいとおぼしき、一軒の家のまえで、カエサルが子供をつれて待っていた。

「よく来てくださった、ヘルヴェティィの巫女ミルチどの。」

カエサルは、ガリア語の敬語で挨拶をした。

「この子があなたの生徒、王子マンドブラキウスだ。」

金髪で青い目。ぬけるような白い肌にピンク色の頬。

ミルチ先生が、拍子ぬけしたような、ほっとしたような顔で、小さな王子をみた。

「お初に御意をえます、アミアンの巫女がた。」

王子は、かわいらしい、澄んだ声で言った。

「トリノヴァンテス族の王イニアヌヴェティティウスの子、マンドブラキウスと申します。」

たぶん、ミルチ先生は、王族の子供がどんなものか、よくご存じなかったのだろう。

今でこそ大巫女の右腕としてお立場のあるミルチ先生も、もとはといえばアルプス山麓の山羊飼いの娘。王族の、それも男の子が、どのようなきびしい躾のなかでそだてられるか、わかっていなかったのにちがいない。

それにしても、かわいい子だわ。

年齢をべつにすれば、王子にたいするドニの予想は、ほぼ当たっていた。よくひかる青い目のなかに、賢さのようなものが見え隠れしている。その金髪は肩を越えて流れ、前髪は、ありえないようなみごとなウェイヴを描いている。一目みれば、だれでも好きにならずにはいられないはずだ。

――でも、敵対する大人たちは――成長した姿を想像すれば、彼らはまちがいなく、この子供は決して生かしてはおけない、と思うだろう。

カエサルが、どれだけこの子を大事に考えているかは、この子の家だけが、まわりよりも先に、それも頑丈に仕上げられているのでもわかった。

柱が太く、壁の板も厚い。広い居間の壁際には、調理場をかねた暖炉まである。火の上で、なにかの鍋が、いい匂いの湯気をあげている。

ローマの軍隊式の朝食だ、とカエサルは言い、メリプロスに給仕を命じた。

戦士の朝食。さぞかし豪華にちがいない。

今の季節なら、あの鍋の中身は、キジか鴨の煮込み料理。あとは、アンズかなにかのジャムかソースに、鳥の煮汁をのばした、きりりと塩味のきいたスープ。

真ん中にドンと盛られているのは、大きく切った白パンの山だ。席につくと、まずチーズが配られ、これから出てくるらしいなにかを盛る深皿がだされた。さあ、いよいよ、火にかかっていた鍋の登場だ。

えっ――。

給仕のメリプロスの手もとをみて、あやうくドニはのけぞりそうになった。

肉じゃない。

皿に盛られたのは、鏡みたいにサラサラの、なにかのうすいポタージュだった。メリプロスがじぶんの脇にきたとき、おもわずドニは鍋をのぞきこんだ。なにもない。いい匂いは、ただスープが、束ねた香草を出汁《だし》にしているからにすぎず、なかには一切れの肉もはいっていない。

うそでしょう。

ポタージュって、何でできているんだったっけ。こんなもので、ローマ兵は、あのきつい戦争と労働を耐えぬくっていうの？

「われわれローマ人の主食は小麦なんだ。」

カエサルがドニに言った。

「パンとチーズ、それに麦粥。わが軍では軍団の一兵卒から将校まで、みなこれを糧《かて》に戦うんだ。そう、このわたしもね。――でもまあ、ほかに食べたいものがあれば、陣営外の従軍商人から買うかな。金さえ出せば、たいていなんでもそろうよ。」

「次回から、お弁当を持ってきてもよいでしょうか、総督どの。」

ミルチ先生が、顔色も変えずに言った。

「育ち盛りの子供に、これはよくありません。」

カエサルはうなづいた。

「そうしてくださるとありがたい。入り用なものがあれば、従軍商人になんでも言いつけてください。掛かりはメリプロスにまとめて払わせましょう。」

山羊の乳でつくったというチーズは、とてもおいしかった。パンも、白くてもっちりして、ガリアの硬くて酸っぱい黒パンとは似ても似つかない。顔のうつるポタージュも、のんでみればこんなにおいしいのかと驚くような美味だった。

でも、やっぱり物足りない。

せめて、卵。いいえ、しっかりいぶした、ハムの一切れでもあれば——！


と、いうわけで——。

ドニは、その次の訪問日は、前日から、先生のお宅に泊まりこむ羽目になった。

三人分のお弁当作りの、お手伝いだ。

先生が、ローマ商人の品物なんか得体がしれなくて使えないと言うので、ドニは、授業がおわるとすぐに、外出許可証をもらい、食材あつめにアミアンの町をかけまわった。

帰ってくると、先生もまた、どこからか戻ったばかりのご様子である。

その、まるで年季のはいった農家のおかみさんみたいな格好に、ドニはあやうく笑いだしそうになり、必死でそれをこらえた。先生は古いスカーフで頬かむりをして、なにか液体のはいった手桶をかかえている。

「牛乳よ。ブリタニアで『ミルク』といったら牛乳でしょう。山羊の乳ではかわいそうだわ。」

学校で牛の乳しぼりができるのは、料理番のパンハおばさんと、元山羊飼いのミルチ先生だけだ。牛乳は、学校でも、特別な日にちょっぴりだけふるまわれる、ごちそうであった。乳の出る雌牛が、学校に一頭しかいず、乳しぼりも、山羊などにくらべて格段にむずかしいからだ。

どういうわけか、じぶんのうんだ子牛がいなくなると母牛は乳をださなくなり、いざ乳しぼりというときに、子牛をひきはなすのがとにかく大変なのだ。そのうえ、この子牛を生ませるためにかならず必要な、ペアになる種牛は、気があらくて大きすぎるときている。

学校の乳牛のペアの牡牛は、町の外の、去勢牛の牧場に、なかば追放状態になっていた。アミアンの町の人々も、肉は好きだし皮も角も便利に使うが、乳だけは、やはり山羊にたよらざるをえないでいる。

たぶんご自分でしぼってきた牛乳を、先生は鍋にあけた。それを家の中のかまどにかけながら、先生はドニに、もうすぐ卵を持った料理番の娘がくるから、その子を逃がさずに呼びとめて、二人で裏庭にある料理用ストーブに火をいれるようにと命じた。ドニが町の肉屋から担いできた、鹿のふとも肉の塩漬けを、そこでいぶすのだ。

料理番パンハおばさんの娘は、名前をカテルといって、年齢はドニよりすこし大きかった。二人で、勝手口から香りのよいシラカバの薪をはこびだしながら、ドニは、先生が、手練のはやわざで、こってりした牛乳がふきこぼれる寸前に、さっとスプーンでひとまぜして、火からおろすところをみた。

このお台所はきれいすぎる、とドニは思っていたのだった。薬草学者を、「すりこぎ使い」と呼んで馬鹿にするような方が、料理なんかするわけがない、と——。だが、それはおおきなまちがいだった。先生は、失敗しないのだ。だから、台所が汚れないのだ。

やがて、庭の料理用ストーブのうえに、煙出し用の木ぎれをいれた、いぶし筒のとりつけがおわり、盛大に煙があがりはじめると、料理番の娘は、続く作業に未練《みれん》をのこしながら、空になった手桶をもっていってしまい、かわりに、準備中から何事だろうと遠巻きにみていた先生がたが、鼻をぴくぴくいわせながら集まってきた。

「のう、お嬢さん。」

暦学のピリドクス先生は、いつもにこにこ愛想のいい、背中のまがった白ひげのおじいさんだが、今は目が、はらぺこドワーフのように、らんらんとかがやいている。

「何のハムだね。まさか、ミルチ先生お一人で召しあがるのではないだろうね。」

家の中からは、糖蜜と木の実のこげる、すばらしいにおいがしてきた。ミルクと卵と小麦粉で、先生がヘーゼルナッツのプディングを焼きはじめている。

「ねえドニ。」

カルマンドア先生（女性）は、ドニたち中年生担当の、行儀作法教師だ。

「なにかお手伝いすることはない？　――このチーズなんだけど、少し古くなってしまって。プディングは火加減がむずかしいから、ミルチ先生はしばらくは出ていらっしゃらないと思うのだけれど――。」

カルマンドア先生は、糸つむぎと機織《はた》りの名手であるが、若くて気が弱いため、ミルチ先生をたいへん苦手としている。授業のほうでも、ご性格がわざわいして、完全に生徒になめられている。

「いいですよ。」

もしかしたら次の試験で、こっそり加点がもらえるかも、と思って、ドニはいぶし筒の下をちょっとだけあけた。

「いそいで先生。煙が逃げます。」

白いカビがたくさんついたチーズは、そのままでもおいしいが、いぶすとさらにおいしい。入れると、煙の香りがすこし変わった。ほかの先生がたも、いろいろ持ってきた。むいたクルミ。香らなくなったカミツレ。キャベツの芯にセロリの根っこ、ひからびたニンジン。――ゆで卵を入れると言い出したのは寄宿舎の舎監パリシア先生だ。卵がにがてな小年生に食べさせるとか言っているけど、ご自分が晩酌のおつまみにしたいのは見え見えだ。

「ああ、こりゃ辛抱たまらん。」

ピリドクス先生が叫んだ。

「お嬢さんや。ドニさんや。わしはどんなことでもするよ。半分、いやさ、四半分でも、わけてもらえるように、頼んではくれないかね。」

暦学の先生に気に入られたら、どんなにこのさき楽ができるだろう。高年生たちが冬のあいだやっている、寒くてつらい、夜通しの「天体観測」を、せずにすむかもしれない。でも、それとこの図々しいお申し出を、あの厳格なミルチ先生にとりついで、今ここでいやな顔をされるのと、どっちが得かといえば――。

「むうう、む、む。」

ドニの当惑をみて、ピリドクス先生は真っ赤になったりふるえたりして唸り、ついに意を決してミルチ先生の勝手口へとびこんでいった。

「ミルチどの。いともかしこきオルレアン出の女賢者どの。わしはどんなことでもいたしますぞ。この老人に、あのすばらしいいぶし筒の中身を、ほんのちょっぴりでも分けてくれる気があれば――。」

夜になって、おいしくいぶしあがったさまざまなものを、ドニは先生がたの勝手口に、配ってまわった。途中で、さっきの料理番の娘カテルが、いま出来たばかりだというコケモモのソースをもって、駆けてくるところに出会った。

コケモモのすっぱいソースは、鹿のハムと、とても相性がいい。

二人で戻ると、ミルチ先生は、カエサル家の執事にわたす支払いの明細をしらべていた。先生はすぐ帰ろうとするカテルを呼びとめ、ラテン語でかかれた明細の一部を、そっと、ガチョウの羽根ペンの先でこすって消した。

「なにか切るものを――薪割り用のナタがいいわ。」

出来たばかりのハムは、骨まできれいに三等分された。老ピリドクスのぶんにも、赤いコケモモのソースがそえられた。

「ではよろしく。ピリドクス先生に、お約束、お忘れなきようにとお伝えして。」

戦利品をエプロンでつつんで意気揚々のカテルに、ピリドクス先生へのお使いもたのんで帰すと、もう、灰色の夜空に、冷たい風が森の木々を鳴らす時刻だ。

昼すぎからずっと、いぶし筒の番をしていたドニは、頭から服まで、すっかり「いい匂い」になっていた。ミルチ先生はきれいな鍋でお湯をわかし、新品ではないが清潔な着替えをだしてくれた。ドニはお湯で髪の毛と体をふき、一張羅の制服は、匂いがとれるようにと先生が、ラベンダーの小袋《サシェ》といっしょに、壁につるしてくれた。


「わあっ――。」

王子マンドブラキウスは、ドニと先生がかごからとりだした、豪華な肉とお菓子をみて、はじめて、子供らしいうれしそうな表情をうかべた。

先生がほほえんだ。

「牛乳も持って来られたらよかったのですけれどね。あいにく少ししかしぼれなくて――。」

「それは残念です。」

澄んだ、かわいらしい声で、王子はこたえた。

「ブリタニアでは、僕ら子供は牛乳と卵で育つんです。先生、このプディングは、では？」

厳格な大人に気に入られる方法を、王子はよくこころえていた。とりわけてもらったプディングを、興味津々の目でみつめる。

執事メリプロスが、入口のわきにひかえている。先生は彼に、今日はカエサルさまは、ときいた。するると、王子が言った。

「カエサルなら、もういません。僕をお二人にあずけて、すっかり安心して旅に出てしまいましたよ。」

「旅？」

ミルチ先生が、残念そうに顔をしかめたが、そのとき王子が叫んだ。

「ああ、もう、我慢できない、この匂い！」

王子は、肉とプディングの皿に、いきおいよくスプーンを突っ込んだ。

「メリプロス、なにか飲み物をお願いするよ。ガリア料理にはゴブレットに飲み物がなくては。それと、いつものローマの白パンもね。ああ、これでやっとお粥とスープから解放される。」

王子は食べはじめた。飲み物を待つつもりも、三人そろって食べはじめるつもりもないようだった。ブリタニアでは、その場のもっとも身分の高いものから、順に食事をはじめるきまりでもあるのだろう。

王子の不作法を、先生はとがめなかった。夢中でプディングをほおばる子供に、やさしく、カエサルの行き先をたずねる。

「南です。アルプスの向こう。」

一口《ひ》が多すぎて、王子は目を白黒させていた。口にものをつめこんだまま、言った。

「おいしい。これ、あの人にも食べさせたかったな。」

そう。このごちそうには、もうひとつの意味があった。

先生はこれを、カエサルに見せたかったのだ。でも、彼を喜ばせるためじゃない。反対だ。占領軍づらして町のとなりにいすわるローマ人総督に、ガリアの朝ごはんの、実力を見せてやりたいと思われたのにちがいない。

メリプロスがもってきたのは、この地方では誰もが知っているリンゴジュースだった。二百年くらい前に、ローマ帰りの元奴隷だった人が、かの地のブドウしぼりの技をつかって、作りひろめたものらしい。ブドウの果汁はワインになるが、ここでも大人はこれを醸《かも》して、シードルというお酒にする。

学校の規則どおり、先生と一緒に飲み物を待っていたドニは、大人を気取って、まずハムに手をのばした。メリプロスは、二人に白パンをすすめる。肉とパンを交互にたべるのが、ローマ式らしい。

リンゴジュースで人心地ついたらしい王子が言った。

「お二人には、本当に、感謝の言葉もありません。」

皿はもう半分以上、空になっている。こっちがやっと食事をはじめたばかりというのに、おかまいなしである。

「もし、お二人がこうして引き受けてくださらなかったら、僕もそのなんとかいう属州——アルプスの向こうがわへ連れていかれていました。いろいろ言っていましたっけ。ラヴェンナは春みたいに暖かいんだよ、とか、イリリアの野生のバイソンを見てみたくないか、とか。――僕、絶対に嫌だったんです。故国から――ブリタニアからこれ以上はなれるのは。」

食卓でおしゃべりをするのも、巫女学校では禁じられている。賢者や巫女たるもの、すべてにおいて行動に重みがなければ、一族のものの信頼をえられないからだ。

王族はちがう。とくに、王にもとめられるのは、陽気さだ。このひとについていけば、かならずいいことがあるという、予感のようなもの――そう、ちょうど、あのカエサルのような――。

「マンドブラキウス王子。」

先生が言った。

「このアミアンで、勉学を口実に選ばれたのは、では賢いご選択でしたね。あなたはよき王になるでしょう。でも――。」

先生はすこしだけ、声をきびしくした。

「巫女たちのまえでは、もうすこし、慎みというものをお持ちください。賢者や巫女は、ふつうの臣民とはちがいます。いざというときのため、その信頼をかちえておかねばなりません。」

「――――。」

調子にのりすぎた、と王子はやっと気付いたようだ。

ふつうの子なら、照れ隠しに笑うか、急に不機嫌になるかしたろう。だが、彼は、さっと居ずまいをただした。

「そうでした。亡き父も、そのようにしておりました。」

さすが、幼くても王子は王子だった。

「失礼しました先生。お言葉、肝に銘じます。」


前回の授業で、王子がすでに、ガリア語の簡単な読み書き（もちろんラテン文字。ブリタニア語にも文字はないので）をおしえられているとたしかめていたミルチ先生は、案の定、王子に、紙とペンをつかうのを禁じた。

命じられたのは、れいの、「神々の名の暗誦」だ。

ドニが、頭のところをすこしだけ聞かせると、王子は、すぐに、元気よく続きをうたいだした。そっくりおなじ旋律だ。

ドニはあわてた。賢者学校にも通ったことのない五歳の子が、ドニができないことを、すらすらとやってのけている。

できるわけないわ。きっと途中で音をあげるか、つかえて止まってしまうはず、という希望的予測は、はずれた。

「わが一族はみな、三歳でこれを暗誦するんです。」

三百七十四神すべての名を唱えおわると、王子はすましてそう言った。

「ブリタニアは聖地ソールズベリを擁する『ドルイド教』のふるさと。最初のドルイドたるルーグ・ケルヌンノスは、ブリタニアに生まれ、ソールズベリに、この世とあの世を分け、かつ天と地をつなぐ巨石の群れを、大いなる魔法もてうちたて、いまは冥界をおさめる神となられた。わがトリノヴァンテス族の王家はそのルーグを先祖にもち、かつまた僕の母方は一族の大賢者です。」

この子――。

ドニは思い、ミルチ先生は気がついているのだろうかと、そっと先生の顔をみた。

先生も、おなじことを思ったようだ。二人の巫女は、顔をみあわせた。

この子、本当に五歳？

「ねえドニ。」

「先生――。」

帰り道を半ばまできたころ、先生とドニは、ほとんど同時に相手にはなしかけた。ドニがゆずると、先生は言った。

「ねえ、ドニ。どうおもいますか。あの年頃の子供は、わたしはほとんど女の子しかしらないのだけれど――。あの子、わが校の小年生一年目の生徒より、年かさの子としか思えないのよ。」

「わたしの一族では、あの年代の男の子は、女の子よりずっと小さいですけど。」

ミルチ先生にものごとをお教えする機会なんて、めったにない。ドニはうれしくて、ちょっと軽い口調で言った。

「小さいし、細いんです。弱いし。」

「そういうものなの？」

「ええ。十二歳くらいまでは。」

そして、さらに得意になって、ドニはつづけた。

「こちらへ参るまで、わたし、同い年の子たちのガキ大将でした。」

「ま。」

先生は口をおおい、それから笑い出した。

「そうだった。あなたもお姫さまですものね。」

ドニは当惑した。それは、学校の中でも、ほんの一握りしかしらないことだったからだ。

ドニがだまっていると、先生も軽率だったと思いなおしたのだろう。すぐに笑うのをやめて、話をもどしてくれた。

「あの子――、ソールズベリへいく途中にカエサルにつかまったといっていましたよね。」

ソールズベリ賢者学校は、ふつうの学校とはちがう、と先生は言った。

「どんなに才能があっても、誰の紹介でも、十歳にならない子が入れる学校ではないのよ。オルレアンがガリア最高学府なら、ソールズベリはその上ですもの。」

「じゃあ、先生、五歳というのは――。」

「あの子は賢いわ。」

先生はうなづいた。

「とっさに嘘をついたのね。本当のことを言ったら、保護をうけられないと思ったのかも。」

七歳か八歳。十歳は超えていないが、部族によっては大人あつかいされかねない年齢。

ドニがあてずっぽうにつけた見当を、先生はうなづいてきいた。

「おしえることの中身をみなおしましょう。ドニ、明日もうちへ来てくれますか。王族で八歳。面白いことになりそうだわ。」

先生は笑った。とてもたのしそうで、ドニは、驚きながらも、こんな顔をした先生をはじめてみた、と思った。

学校へ帰ると、裏門に、ピリドクス先生が青い顔で待ち構えている。

「ミルチどの。お帰りをお待ちしていましたぞ。」

教場棟の裏口にいた先生も一人、かけてきた。ピリドクス先生のお弟子の、天文学の先生だ。

ピリドクス先生は何本かの巻物をかかえていた。この先生が貧乏なのは、こういう高そうな書物をたくさん買わねばならないという、暦学者の宿命を、まじめに実践しておられるからだ。案の定ラベルの文字はギリシャ語で、あまり上手とはいえずよく読めない。『パラの痒《かゆ》み』？　それとも『ファラオの』？　ファラオといえば、エジプトの王のことだけど――。

「ちょっと来てくだされ。いま、お頼まれしていた暦と詩の関係を調べておったのだが――。」

そこから先は、話が専門的すぎて、ドニにはちんぷんかんぷんだった。ただ、ピリドクス先生が、「なぜ今年は『秋のはじまりの月』の十日に『秋のはじまりの日』がくるのか。」というのを、興奮したようすでミルチ先生に説明しようとしていることと、もう一人の先生が、周辺の有力部族――ネルヴィー族やアトレバテス族の賢者たちからも問い合わせが、と言っているのがわかっただけだった。

「秋のはじまりの日」つまり「秋分の日」は、ドニの故郷では、「夏のさいごの月のおわりごろ」ときまっている。木々の葉音がかわきはじめるころ、暦盤をあずかる賢者が、ある朝突然、この日を宣言する。すると、魔法にかかったように、夏の暑さは去り、肌寒い日々がはじまる。

太陽と月の運行に関して、ドニの一族は、ロードスで作られた最新式の暦盤を使っていた。父が、若いころに持ち帰ったものだ。

「ドニ。寄宿舎へ帰りなさい。」

なにかたいへんなことがおきたのだ。ミルチ先生が言った。

「今聞いたことを、友達に話さないように。」

夜、消灯時刻の直前、部屋をたばねる上級生が、先生からの伝言をもってきた。

「明日は来なくていいそうよ。なんのことだかわからないけど。」

上級生は、このところきゅうに先生がたのお覚えのよくなったドニを、ちょっとだけやっかんでいるようだ。

「どういうことなのドニ。ミルチ先生と何をしているの？　どうして三日ごとに学校を休むの？　わたしたちに話せないようなこと？」

III

翌訪問日――

ドニは、ひとりで、ローマ軍冬営地へむかった。

出かける時は、大変だった。

前日の夕方、ドニが教場棟のなかでカルマンドア先生に呼びとめられたとき、話のなかみを、部屋のだれかに立ち聞きされたのだ。

カルマンドア先生は、ミルチ先生が、なにかむずかしい問題で、ほかの何人かの先生がたと、きのうパリへ出発されたこと。お留守のあいだはドニひとりで王子のところへ通ってほしいこと。その間のお弁当は、料理番のパンハおばさんに頼んであることなどを、例によって、よくいえばたいへん遠慮ぶかい、からまった編み糸をほぐすみたいな話し方で長々と伝えてくださったのだが、それでは立ち聞きするなというほうが無理というものであった。

今朝は、部屋長の上級生から一番下の六歳の小年生まで、五人全員が、早起きして、浮き浮きとおばさんの調理場まで、ドニにくっついてきた。おばさんが、特製のリンゴパイと、きのうの夕方しぼったばかりという牛乳をちらつかせて、ほんのわずか、彼女らの気をそらしてくれなかったら、ドニはカテルからお弁当のかごをうけとることも、裏口から脱出することもできなかったにちがいない。

谷の中ほどで、ドニはひとやすみしなくてはならなかった。かごが思ったよりもずっしり重くて、やすまずにはこの先ののぼり坂に、たえられそうになかったのだ。

かごのなかでは、なにか水ものが、軽やかな音をたてている。これが、重いのだ。

ドニは、布をはぐってみた。

銅でできた水筒には、木ぎれで、しっかりと栓がしてある。きっと牛乳だ。さっき、しぼったばかりと言っていたもの――。

カルマンドア先生の要領をえない伝言によれば、かごには、王子とやる宿題が、いっしょに入っているはずだった。水筒の下の古びたパピルス紙に、詩が、書きつけてある。

――月とすばる――

ラテン文字の、きれいな飾り文字風の書体で、これならあの子でも読めるだろうが、――かなり長い。覚えるとなると、手こずるだろうな。ということは――先生はしばらくお帰りにはならないということ？

「ドニさま――。お嬢さま――。」

冬営地のほうから声がし、ドニは顔をあげた。遅くなったので心配したのだろう。メリプロスが、坂をかけくだってくるのがみえた。

ガリア式のドアをあけて、王子マンドブラキウスの家にはいると、思いがけない事態に、ドニは小さく悲鳴をあげてとびのいた。

食卓に、大人がいた。カエサルではない。ローマ人の、身分あるようす（＝トーガをきている）の人が、マンドブラキウスの横に、さも親しそうに腰かけている。

「やあ、待ってたよお嬢さん。こっちへおいで。」

カエサルよりちょっとだけわかい感じのその男は、すこし酔っ払っているようだった。

「キケロさま！」

メリプロスが、ドニをおしのけるように、とびこんできた。

「ご遠慮くださいと申し上げましたはず――。」

すると、キケロとよばれたその男は、ひょろひょろと、足元もおぼつかなくたちあがった。

「ああ！　わたしはここでも邪魔ものだ。」

芝居がかったようすで、酔っ払いは言った。

「なんという悲しみだ。ローマでは兄上に、ナポリでは妻に。ここガリアでは他家の奴隷にまで邪魔にされる。」

「キケロさま――。」

メリプロスが、いらだちをおさえたような低い声になる。キケロ氏はすると、おもしろそうに笑い、ドニに言った。

「お嬢さん。そのかごの中身はなにかね。ガリアの朝ごはんというのを、この気の毒なおじさんに、ちょっぴり見せてくれる気にはならないかね。」

ミルチ先生がいらっしゃれば、ぴしゃりと言って、この闖入者を追い出してくださったことだろう。酔っ払いのご機嫌は山のお天気と同じだ。それに、心配なのは、被害がこちらにおよぶことではなく、奴隷の身で、守ってくれようとしているメリプロスに、この人がなにかの罰をくわえようとすることのほうだ。

ドニはしかたなく、かごの中身をテーブルにだした。お弁当は、子供二人分しかない。

「おおお、ハムだ。肉だ。」

酔っ払いが歓声をあげた。

「この筒の中身はなんだね。酒かな?」

「メリプロス。ゴブレットをお願いするよ。」

王子が、ガリア語でにこやかに言った。顔をしかめる執事奴隷に、声をつよめた。

「お願いするよ、メリプロス。」

声がわずかにふるえる。王子もこわいのだ。わたしがしっかりしなくちゃ。年上なんだから。

ドニは思い、お弁当を分けはじめた。かごに自分のが残るように——ああ、せっかくおばさんが、二人分をきれいに盛りつけてくれていたのに。酔っ払いの興味が食べ物に集中するのをみて、執事はいそいで、ゴブレットを取りにいく。

「すまないねえ。わたしも軍団の小鳥のエサみたいな食べ物には、飽き飽きしていたんだよ。あ、パイだね。中は何？」

「リンゴです。」

答えた拍子に、ドニの分からとりわけていたおいしい中身が、ごっそり彼の皿に入ってしまった。

王子が、いそいで言う。

「ガリアのパイは皮もおいしいんですよ。ドニ、わけてあげて。中身もきれいに三等分にね。」

この子、いいとこあるじゃない、と思ったドニは、王子がラテン語をしゃべったのにきがついて、ぎょっとして、ちぎろうとしていたパイを、とりおとしそうになった。

「パイ、パイ、パイ、リンゴパイ！」

酔っ払いは浮かれて歌いだしていた。

「かわいい乙女がとりわけてくれるぅー。」

よかった。きがついていない。

ドニも、いま王子が自分を呼び捨てにしたのを、さっぱりときさのがしている。

ゴブレットがきた。

「さてさて中身は、中身は？」

注いでみると、牛乳は見慣れた乳白色ではなかった。深い茶色で不透明なそれは、麦かなにかを焦がしたような、甘い、いいにおいをさせている。

酔っ払いがさっそく一口飲んだ。

「うまい。ちょっと甘くて、とろみがあって——。なんだねこれは。」

「牛乳よ。」

ごっく、と男ののどが鳴った。

「ぎゅう——。」

彼は押し殺したようにうめきだした。指を口に突っ込んで、立った拍子に着ていたトーガのひだを踏んづけて派手にころび、ゆかをどたばたころがりはじめた。立ちすくむメリプロスに言った。

「壺だ。汚物壺だ。はやく。もってこい。うええ、う、牛、牛、牛の乳だ。の、飲んでしまった。不潔なものを飲み込んでしまった！」

「おいしいって言ったのに。」

マンドブラキウスが不満そうにいい、自分も一口飲もうとした。メリプロスは、今度は迷わなかった。無言で王子にちかづくと、飲み物をゴブレットごととりあげようとした。王子が、怒りの声をあげた。ブリタニア語とガリア語と、ラテン語をごちゃまぜにして叫んだ。

「なにするんだ。ちがうよ。毒じゃないったら。」

「毒？」

口に手を突っこんだまま、ゆかに這ったキケロがふりかえった。

ドニはキケロにかけよった。助け起こし背中をさすりながら言った。

「おじさま、落ち着いて。どこか具合が悪い？　本当にどこか、具合が悪いの？」

「――――。」

メリプロスのしろい手が、王子のゴブレットをおさえたまま、止まっている。口から手を抜きだしたキケロ氏は、その手で胸や腹をさわり、ドニが手を貸すと、おそるおそるたちあがって、脱げかかったトーガのすそを払った。

「ほら。なんともないじゃないか。」

王子がとがめるように言った。それはガリア語だったが、五歳児の口から出るとは、とても思えない言葉だった。

「落ち着いて考えて、メリプロス。なんで縁もゆかりもないガリア人の巫女が、僕なんかを殺そうとするのさ。もし本当にそのつもりなら、最初に、カエサルが居るかもしれなかった三日前に、やりそうなものじゃないか。」

いわれて、執事もやっと納得がいったらしい。王子は悠然と、大人のような手つきでゴブレットの中身を飲んだ。

「メリプロス、キケロさんに言ってあげて。牛乳が生のままで飲めないことぐらい、ブリタニアでもガリアでも、子供だって知ってますって。山羊とちがって、牛は直前に子牛が吸った乳首からしか、乳をしぼれないからね。――これは、大麦とチコリとタンポポを、炒って焦がして、乳といっしょに煮出したもの。そのときにちゃんと沸かしてあるから大丈夫なんだよ。——ブリタニアでもこれはよくやる。牛乳嫌いの子にはてきめんなんだ。」

この騒ぎで、酔っ払いが、すっかりわれにかえってくれたのは、幸いだった。品ぞろえには、メリプロスがおわびのしるしにと持ってきてくれた、ジャムたっぷりのクラッカーがくわわった。

この人たちが、なぜ、若々しくみえるのか、食事のあいだに、ドニは気が付いた。ローマ人には、ひげがない。このキケロ氏も、開け放たれた窓からみえる行き交う人々も、あご、頬、鼻の下、みなつるつるに剃り上げている。

カエサルの笑顔が、とびきり魅力的にみえたのも、たぶんそのせいだ。ガリアの成人男子なら、ひげにかくれてしまう表情が、この人たちの顔では、まる見えになるのだ。

「ミルクもチーズも、ほんとうは苦手なんだが——。」

クイントスさん——キケロ氏が上の名前を名乗ったので、二人はそう呼ぶことにしたのだが、彼は、牛乳の入っていた水筒を、ぽんぽんとたたいた。

「でもこれはうまかった。本当だ。野趣あふれる一品だ。」

また来てもいいかな、と図々しく言って、クイントスはこの日は帰っていった。そのあと、ドニは先生に言われたとおり、王子と、紙きれにあった長い詩を、頭から暗誦しはじめたのだが、教えながら、この頭のいい子に馬鹿と思われないようにするにはどうしたらいいかと、それればかり考えていた。

次の訪問日から、パンハおばさんは、用心のため、三人分の朝ごはんを、かごにつめてくれるようになった。

「大人のローマ人が、あの『焦がし麦のミルク』をお気に召しますとはねえ。」

おばさんの口調には、いつも、年齢は下だが身分は上のものにたいする、敬意のようなものがある。

この、いつもおいしいものしか作らない魔法の手をもったおばさんは、大変残念なことに、決して解放されることのない、生まれながらの奴隷、であった。

おばさんの笑顔には、だが、くったくというものが、まるでない。

「わたしらなんかは、大人はビールのほうがいいんじゃないかとおもうんですけれどねえ。」

このころのビールは、甘口で度数も低く、子供でも飲めるしろものだ。

「ちょっとかわった人なのよ。それに、ローマ人がお酒といったら葡萄酒だと思うわ。ビールは飲まないいんじゃないかしら。」

年は上だが、身分は下。でも、女生徒たちにとっておばさんは、それ以上に親しみのある大人だ。

貴族出身の子たちにいわせると、まるで乳母《ばあ》やみたいな――。ドニもそう思う。

かごは、回をおうごとに、重くなった。文字どおり味をしめたクイントス・キケロ氏が、いつも、当然のような顔をして王子のとなりにすわっていたからだ。

秋分がすぎ、秋の満月がすぎ、九回目の訪問日――

かごは、ついに一人では持ちあがらなくなった。

おばさんの夫――森番のコンラじいさんが、わざわざ湿地の湖までいって釣ってきてくれたという大きなニジマスのタルトだけで、もうドニは手いっぱいだ。

「だれかついていかないと。」

ドニと同室の、毎回いっしょに早起きしてくる五人が、心配そうに顔をみあわせる。

皆、もうドニの行き先も、何をしているかも知っていたが、いざとなると、誰ひとり、いっしょに行く勇気がわかない。

最初の二回ほどは、前夜の夕食に出されたエニヤさま特製「よくねむれるハーブティー」を、気づかずに飲んでしまっていた彼女らも、そう何回もは引っかからなかった。それを、「全女学生の乳母や」は、ものの見ごとに手なづけていた。

いっしょに起きてくるかわりに、しずかに食堂で勉強をしていること。

ドニはエニヤさまのご用で冬営地へ行っているのだから、そのことを、ほかの友達に話さないこと。

そうすれば、内緒で、おばさんが、ドニのかごとおなじ軽食を、皆におすそわけしてくれること。

同室の子で一番年下なのは、六歳のリシュリだったが、この子も、けなげに、約束を守っている。

おばさんが、小さいからといって、リシュリだけを軽くあつかったりしないからだ。

おばさんが、じぶんの娘をふりかえった。

「カテル、おまえ――。」

彼女に、牛乳入りの水筒を持ってもらって、ドニは学校の裏門をでた。いそがないと、夜があけてしまう。

軍営の門のところで、カテルは帰るはずだったが、番兵は愛想よく、二人ともを、中に入れてくれようとする。ドニがラテン語で、この子は帰るんですと言っても、きこえないふりをしているのか、笑っているばかりだ。

「いいわ。いらっしゃいよ、カテル。ちょっとだけ。」

「あの、お嬢さま、では、母への言い訳を手伝ってくださいますよね。」

「もちろん。」

王子の家からは、中からすでに声がしている。王子とクイントスだ。

——アナ女神さまの左目で、
月とすばるが出会った。——

ノックもせずに、ドニはとびらをひらいた。熱心ね、お二人さん、と言おうとした。

「あっ、駄目だクイントスさん。」

王子の叫び声がして、クイントスが、さっとなにかをトーガの中にかくした。紙だ。

紙——。

「クイントスさん。」

ドニは言った。

「それを見せて。」

「だめだよ！　クイントスさん！　とりあげられちゃう！」

クイントス・キケロが渡してくれた紙を、ドニは目で読んだ。あまり上手ではないが、ちゃんとしたラテン文字がならんでいる。

馬鹿ねえ。頭がよさそうでも、やっぱり子供は子供だわ。これをクイントスさんに見せちゃってどうするのよ。せっかく五歳児のふりをしているんでしょうが。

まって。

ドニは目をうたがった。

詩が長いのだ。前回までに覚えたのは、「第三連《れん》」までだったが、この紙には先があった。

「あきれた。」

嘆息し、ドニは紙を、王子につきつけた。

「ここからはどうやって書いたの。」

「――見て。」

「見て!?」

知っていたんじゃなくて？　手本もないのに書いたっていうの？　――でも――。

そういわれてみれば――

ドニはふたたび紙に目をおとした。

書体。つたないけれど、そっくりだ。

「王子マンドブラキウス。あなた本っ当に賢いわね。」

「――――。」

王子はだまりこんだ。二人のあいだに、クイントスが、おろおろと取りなしにはいってきた。

「お嬢さん。わたしだ。わたしが悪いんだよ。王子に書いてくれと頼んだのは、わたしなんだ。」

ドニはほっとして、また嘆息した。クイントスは大人ではあるが、あまりものごとを深く考えないのだ。クイントスはつづけた。

「王子の書写力は尋常ではないよ。五歳だなんて嘘みたいだ。」

だから五歳じゃないんだってば。

ドニは頭をかかえた。

「あのう。」

こんどはカテルがわりこんできた。ガリア語で、遠慮がちに言った。天のたすけだった。

「朝ごはんをどうなさいますか。こちらのかたもお困りのようですけれど――。」

ゴブレットのお盆をもって、メリプロスが立ちつくしている。

「ごはんよ!」

怒りながら、ドニはいった。

「さっさと食べちゃいましょう！」

クイントス・キケロが、空かごをかかえたカテルを送りがてら、席をはずしたすきに、ドニは王子にいった。

「もうすこし用心してくれなくちゃ。もしクイントスさんに五歳じゃないってわかったらどうするつもりだったの。」

「ごめんなさい。」

王子は、素直だった。

「クイントスさんは僕をかばってああ言ったけど、ほんとうは逆なんだ。きのうの昼間、メリプロスに紙とペンをもらって、ここで思い出しながら書いていたら急に――。」

熱中していた王子は、ドアが開くのにも気がつかなかった。キケロは音もなく近づいてきて、じっとのぞきこんだのだという。

「あの人がカエサルのスパイじゃなかったことに、感謝するのね。」

「わかってる。」

キケロはまだ戻ってこない。ドニは、もうすこし、「お姉さん」を気取ることにした。

「ミルチ先生に、字は禁じられたはずよ。」

「僕は『目の人』なんだ。」

「目?」

「見ておぼえる人のことだよ。母がそうだった。よその国の文字でも模様でも、景色も、なんでも見たとおりに覚えて、描いてみせる人のこと。」

「―――。」

そういう能力を持った人間は、ドニの族にもいた。「物見」と呼ばれていて、身分は低いが馬を与えられ、戦場偵察に出る人々だ。

「じゃあ、あれは?」

ふときがついて、ドニはきいてみた。

『神々の名』はどうやって覚えたの。」

「それも書いた。じぶんで書いたのを、読んで覚えた。」

それは、禁じられているはず。

ドニは言葉をのみこんだ。

それに、文字だけでは覚えられないものもある。節回しだ。

「ああ、それね。わりと覚えやすいんだよ、『神々の名』のは。上がり下がりをただ強調しているだけだから。」

王子は言ってのけ、これはオーベルニュ生まれの吟遊詩人に習ったんだといいながら、歌と同時に空中で手をうごかしはじめた。

高い音は手を高く、低い音は下げて、空中で字を書きながら、ひとことごとに、一歩すすむ。

まるでなにかの舞いみたいだ。

「ちょっとまって。」

ドニはその優雅な動きをおしとどめた。

「それ、教えて。わたしにもやらせて。」

そのとき、ドアのむこうで声がした。メリプロスが、キケロさまがお戻りですと告げる。

二人は、びくっとして、「舞い」をやめた。

「やあ、お待たせしたね。カテル嬢に手紙を持たせたよ。いつもおいしい朝ごはんに、わたしからもお礼が言いたかったからね。——で、今日は何？　踊りの稽古？」

「クイントスさん。お願いがあるの。」

ドニは勢いこんでいった。

「わたしにも紙とペンを。」


クイントスは、紙とペンの用途をきくと、それならこっちのほうがいいと言って、「書字板」をかしてくれた。

「記憶のために書くなら、なんども繰り返すのが重要だよ。紙なんかもったいない。これで十分だ。」

はじめて見る道具に、ドニは目をみはった。

これが、字をかく道具だとは、たぶんだれも気がつかないだろう。なんの変哲もない板きれに、ただ蠟《ろう》がひいてあるだけというしろものだ。それに、針のついた専用のペンでひっかいて字を書き、不必要になったらペンのうしろの丸くなった部分でこすって消す。これなら、書いた跡ものこらない。

それにあの「舞い」だ。

この二つさえあれば、神の名前四百たらずなんて、今日じゅうにでも覚えられる。

だが、ドニはこれをすぐには使わなかった。まだ「神々の名」もおぼえていない劣等生だなんて、かしこい王子のまえでご披露するわけにはいかない。

「さあ。まずは『月とすばる』よ。そろそろ先生も帰ってくるわ。宿題をやらなくちゃ。」

「月とすばる」。

この詩がガリアにとって、いかに大切なものであるかは、このときのドニにはまだわかっていなかった。

——アナ女神さまの左目で、
月とすばるが出会った。
左目のすばるは、
まるい月の友だち。

赤いななかまどの実が、
これをアナさまにすすめたが、
残念。
アナさまはこれを
お取りにならなかった。――

「いつもながらいい響きだ。」

ガリア語で、いっしょに暗誦しながら、クイントスが言う。

「王子、きみの書いたこの紙、もらっていいかね。わたしもちょっと、書きものがしたくなった。」

クイントスは、王子の書いた紙に、ラテン語で言葉の意味を書きくわえはじめた。王子の字とならぶと、大人の字は、書きなれた感じが歴然だ。

次の「連」では、アナ女神の頭の上で、半分の月がすばると出会う。

――アナ女神さまの頭上で、
月とすばるが出会った。
頭の上のすばるは、
半分の月の友だち。

雪と冬の風が、
これをアナさまにすすめたが、
残念。
アナさまはこれを
お取りにならなかった。――

「満月もイヤ、半月もイヤ。ふうむ、いつもこれがわからないんだ。」

クイントスが唸る。

「女神はなにがイヤなのかね。女のわがままかな。」

詩の「連」は、あと二つあった。手前のは、すでに暗誦がおわっている。

――アナ女神さまの右目で、
月とすばるが出会った。
右の目のすばるは、
太った五日月《いつかづき》の友だち。
その五日月が、
これをアナさまにすすめたが、

残念。
アナさまはこれを
お取りにならなかった。——

「月がだんだん細くなる。」

クイントスは言い、紙の余白に、そう書きこんだ。

「なんでだろう。女神はすばるだけがほしいのかな。でも——それじゃ損なんじゃないかね？『お取りになる』ってことは、女神はこれをもらえるってことだろう？」

「うん、たしかに。僕だったら月がついているほうがいい。」

王子もうなづく。

それは、ドニもちょっと思わないではない。青い宝石が七つにまるい銀の円盤。そのほうが断然お得だ。

だが、ドニには、まえから気になっていたべつな部分があった。

「ねえ、これは？　月とすばるが出会う場所よ。さいしょはアナさまの左目、頭上、こんどは右の目——。じゃあ、次は？」

王子とクイントスは顔をみあわせ、クイントスが王子の真っ白いおでこをちょんとつついた。

「額だ！」

さいごの連は、いままでとはちょっと形がちがう。

——アナ女神さまの右目で、
月とすばるが出会った。
右の目のすばるは、
ほそい三日月の友だち。——

「えぇエ、また右目？」
連の途中で、王子はがっかりしたように、その部分の文字をつついた。ドニの持っている、ミルチ先生の本物を三人はたしかめたが、それにも、たしかに「右目」と書いてある。つづきを読んでみよう、とうながしたのは、クイントスだった。

——アナ女神さまの右目で、
月とすばるが出会った。
右の目のすばるは、
ほそい三日月の友だち。
東にのぼる麦星が、

これをアナさまにすすめると、
アナさまはこれをお気にめされた。
ほんとになんて美しい。
この月こそが第三夜。
あおいすばるがよく映える。
めでたし。
月とすばるは、うちそろって、
アナさまの冠をかざった。——

「おおお。」

クイントスが嘆息した。

「これは損得勘定ではないよ、お二人さん。高度に美意識の問題だ。」

小アジアに、エフェソスというところがあるんだが、と、彼は話しだした。

「小アジアにエフェソスというところがあるんだが——。そこの古いディアナ女神の像が、ちょうどこんな感じなんだ。細い三日月と七つの群れ星を、冠にしていただいている。——同じだよ。すばらしい。なんて繊細な美意識だ。」

感激すると芝居がかった調子になるのは、この人の癖なのかもしれない。

「クイントスさん、小アジアって何？」

「小アジアは小アジアさ。」

王子がたずねると、クイントスはまだ夢見ごこちでこたえた。

「ギリシャ本土の東、日ののぼるかたの海と島と陸。そこには、古きギリシャ――イオニアの学術と文明が、燦然《さんぜん》たる太陽の下、花も盛りと咲き誇っているんだ。」

「それ、レスボスやロードスのあるあたり？」

ドニはきいてみた。すると、クイントスはへなへなととろけるような目をこちらにむけた。

「レスボス！　ロードス！　ミレトス、エフェソス、ペルガモン！」

クイントスは早口になった。

「こんな北の果てで、きみのような若いお嬢さんの口から、太陽と薔薇の島ロードスの名を聞こうとは！　そうだよ。レスボス！　ロードス！　ミレトス、エフェソス、ペルガモン！　麗しの葡萄酒色のエーゲ海！」

ドニと王子は顔をみあわせた。

葡萄酒色の海って、どういうことだろう。

ローマ人が好む「赤ワイン」の色は、赤に紫を混ぜたような、暗い色だ。くすんでいて、どんよりと黒っぽい。そんな色の海水を、なんでこの人は「麗しの」だなんて言うんだろう。

王子がドニに、そっと言った。

「ワインの色って、僕はきらいだ。だって、血みたいなんだもの。」

なんだか、親しみの交換のような気がして、ドニもやはり小声でこたえる。

「わたしもよ。」

クイントスが、エーゲ海の島々について、ドニにそれ以上のことを尋ねなかったのは、幸いだった。彼は感激になみだぐんでいた。

「ガリアがこんなにすばらしいところだなんて、知らなかったよ。灰色の海とやせた土地。美しいものなんかなにもないと思っていた。――わたしはね、お二人さん、兄のマルクスがカエサルに差しだした、人質なんだよ。」

「人質?」

ラテン語がわからないふりをして、王子がききかえした。クイントスはうなづいた。

「うん。奴隷や捕虜ではないが、かってに好きなところへ行ってはいけない人間のことさ。――去年のいまごろ、わたしはクラッススという政界の大立者に、泣きの涙でラヴェンナに引っ張ってこられた。――約束では、そのままそこに居ればいいというはずだったんだ。そしたらカエサルが、頼みもしないのにわたしを軍団長なんかに任命して、あとはもうむりやりにここへつれてこられて――。もう人生終わったと思ったよ。」

「クイントスさんて、ローマ人だよね。」

王子が言った。クイントスは大きくうなづいた。

「そうだよ。そうなんだよ。ローマ人なのに、ローマ人の人質なんだ。悲劇だ。悲劇だとおもわないか？」

そこからは、クイントスの愚痴と嘆きを、二人は延々ときかされ、同情したりなぐさめたり、メリプロスがだしてくれたお菓子やジュースを飲んだり食べたり——。

クイントスは、だが、自分のことを言いたてるばかりで、王子の身の上にも、ドニの境遇にも、まったく興味がないようすだった。

——人質なら、まだいいじゃない。——

ドニはそっと、心のなかでつぶやく。

人質なら、なにか重大なまちがいがおこらないかぎり、殺されることはないんだもの。私たちは——。

私と、この小さな王子は——。

いいわ。

かわいそうなクイントスさんの嘆きに、うなづきをかえしながら、ドニは思う。

このひとが興味を持たないなら、そのほうがいい。だれしも、なぐさめられるより、なぐさめる役のほうが、いいにきまっているのだ。

このころ、
学校では、カテルの持ち帰った手紙をめぐって、大騒ぎがもちあがっていた。
字のよめないパンハおばさんが、それを、文字学の先生のところへ持ち込んだのがはじまりだった。

それは、ラテン語そのもののわかる人物を求めさがして教室その他を転々とし、やがて、ミルチ先生といっしょにパリからもどってきたばかりの、ピリドクス先生のところへいきついた。

「キケロ！　キキキ、キケロ！」

差出人の名前を読んだ暦学の先生は、旅の疲れも忘れて、大巫女エニヤ校長の、洞窟のいおりにかけこんだ。

「これはたいへんな方からの手紙ですぞ。いったいなぜ、これがこんなところにあるのか。エエエエニヤさま。落ち着いている場合ではございませんぞ。キケロ、キケロ先生ですぞ。かの有名な、大文筆家にして哲学者、法律家で政治家でもあられるあの元執政官にして全属州民の友であるキケロ先生！　このアミアンに居《お》られるとは！」

夕方——

王子に教えてもらった「舞い」の身ぶり手ぶりとともに、足どりもかるく裏門にかえってきたドニを、先生がたがとりかこんだ。

「あなたはたいへんな方と知り合ったのですよ、ドニ。」

囲まれたまま、エニヤさまのところに連れていかれながら、ミルチ先生が、ドニに、低い声で言った。

「マルクス・トゥリウス・キケロ先生。あなたと王子の『朝ごはんのお友だち』は、そのかたですね？」

「マルクス・トゥリウス？」

「神々の名」の旋律が、まだ頭のなかでガンガン鳴っていた。ドニは、うわのそらだった。

「キケロさんて、クイントスさんのことですよね？」

「――クイントス？」

ミルチ先生が、鼻にしわをよせた。みなさん、ちょっとまって、と言って、一行を止めた。

「ドニ。はっきりなさい。そのキケロという人は、正確になんという名前なの？　マルクス？　クイントス？」

IV

クイントス・トゥリウス・キケロは、かの有名なキケロ――マルクス・トゥリウス・キケロの、実の弟だ。

マルクス・トゥリウス・キケロといえば、この当時の「全世界」で、最高級の「大人物」と思われている。

その名声は、この時点では、現ガリア属州総督カエサルなんかよりもよほど高く、しかも、ローマの領有する全属州――シチリアとサルデーニャの全島、ギリシャ本土、シリア、キリキア、エーゲ海全域、黒海沿岸をふくむ小アジア、スペイン、アフリカ、そしてガリアの南辺（北イタリアおよびプロバンス）の、すべてのひとびとが、彼を「ローマ属州民の友」であると考えていた。

それは、彼が、無力な「属州民」のために、ローマ人の元属州総督の犯罪行為を告訴して、ローマ共和国の法廷で、その元属州総督の、有罪をかちとった、最初のローマ人、だったからだ。

ドニと王子の「朝ごはんの友」――クイントスさん――は、そのキケロの、実の弟である。

時刻はもう夜にはいっていたが、エニヤ校長は、まよわず、ただちに、これをアミアンの町の「市長」にしらせた。ニュースは、あっというまにアミアンの町じゅうにひろまった。

ふつう、ガリア人たちは、力といえば腕力しか理解しない。

だがここアミアンの市民は、その「ふつうのガリア人」とはちょっとちがう、「自由市」の市民だった。

アミアンには、「族長」や「部族長」ではなく、「市長」がいた。町をかこむ城壁の中は、さまざまな周辺部族からのよせあつめで、町自体が、「牧畜農耕とそれを守る戦争」ではなく、「職人の手仕事」と「商取引」によってなりたっている。

商売に必要なのは、腕力ではない。愛想のよさと、弁舌だ。

「大巫女」や「巫女学校」などという、ガリアそのもののような仕組みを背負っていながら、アミアンの市民は、周辺のほかのガリア人たちよりずっと開けた、進取の気性に富むひとびとであったのだ。


次の訪問日をまたずに、アミアン市から、巫女学校副校長を団長とする、大人ばかりの訪問団が組織された。市長以下、みな、町の各産業の大親方たちで、多少のラテン語を解する人たちである。

これが数日後に「大キケロ先生の弟君」との面会をはたすと、そのまた数日後には、冬営地から、軍団長たちが、まとまってアミアン市をおとずれることになった。

冬にはめずらしい、上天気だった。前の晩に降った初雪が、うっすらと、巫女学校までの枯れた草地に、白い化粧をしている。

女学生たちを驚かさないように、ローマ人たちは、軍装を解き、トーガに外套を着た平服で、あるいて小谷をこえてきた。

ここで、学校から決して外出しない大巫女とあいさつをかわしたのち、副校長とともに、市内へ向かうのだ。

ドニはその日、整列する全学生の、最前列に立つという栄誉を得た。すでに、あの「神々の名」の暗誦試験にもパスして、劣等生の汚名も返上済みだ。

クイントスさん、大丈夫かな――。

最前列で、ドニは、ちょっとだけのびあがって、ローマ人たちの中に、クイントスの姿をさがした。王子マンドブラキウスの話だと、ここ何日かつづいた寒波のせいで、おなかをこわしているらしいのだが――。

いた。彼も最前列だ。

外套の下にみえるクイントスのトーガは、ドニとはじめて出会ったときよりもさらに豪華だった。紫がかった黒っぽい地色に、金糸のぬいとりが、青空と日の光と、溶けかかる白雪の反射にかがやいているのが、遠目にもわかる。

彼は、使節団の団長をつとめていた。そのうしろに、本来なら彼よりも上位の、首席軍団長ラビエヌス以下がつづく。外套の下にみえるのは、白地に赤い一本縞のトーガ——元老院議員の制服である。

クイントスの横には、マンドブラキウスもいっしょだ。ミルチ先生が、この日のためにと差し入れた、とびきり可愛いズボンと上着をきて、大人たちの背丈にうずもれながら、子犬のようにいそがしく足をうごかして、ついてきている。

平服の軍団長十人は、それぞれに、軍団旗とラッパ手《しゅ》をしたがえていた。ほかに、護衛らしい兵士の姿はない。女の子たちのあいだから、ため息がもれた。こわがっていた子たちも、これで安心するだろう。ローマ人たちは、心から、平和の使節としてやってきたのだ。

ちかづいてきたクイントスは、ドニをみつけると、いかめしい表情をすこしだけくずして、目で合図をおくってきた。

「ローマ軍からの平和使節が、アミアンの大巫女に、挨拶をおくる。」

クイントスの通訳は、メリプロスがつとめていた。

「このような盛大な出迎えをうけ、感激にたえない。幾久しく、この友好がつづくように願っている。」

大巫女は、このようなとき、直接には口をきかないことになっていた。ミルチ先生が言った。

「いとかしこきアミアンの大巫女さまが、ローマ共和国軍平和使節、クイントス・トゥリウス・キケロ閣下に、歓迎の挨拶をいたします。」

ミルチ先生の声が、ちょっぴり、弾んでいるのを、ドニはききとった。

「幾久しく、この友情がつづきますように。」

女学生たちの拍手に送られて、使節は町の城壁にむかった。そこでは、市長たちが待っていて、いまと同じセレモニーがおこなわれるはずだった。ドニは、ほかの子たちと離れ、ミルチ先生について、ローマ人たちの案内役にくわわった。

「すごいねえ。賑やかだねえ。」

市内に入り、大人たちが市長の館で宴会をはじめると、ドニと王子はメリプロスに料理をとりわけておいてくれるように頼んで、町へ飛び出した。

「今日はとくにお祭り騒ぎよ。」

夢中であたりをみまわしている王子に、ドニはこたえた。

「みて。どの店も道に屋台を出してる。」

ドニと顔見知りの肉屋の前には、みごとなイノシシの丸焼きが寝転がった台がおかれ、おやじさんが、とぎたての包丁をぴかぴかさせながら、客に好みの部位を切り分けている。

「ここのお肉はおいしいのよ。」

ドニは、おやじさんの口癖をまねた。

「よその店とは、漬け込みにつかうお塩がちがうんだから。」

そのとき、あたらしくきた客が、硬貨をだしながら言った。

「いいところを二つだ、おやじ。この子供たちに。」

二人はおどろいてふりかえった。店のおやじさんも目をまるくしている。客の言葉が、ラテン語だったからだ。客は、言ったことばをくりかえした。

「いいところを二つ。——お嬢さん、はやく訳して。二人とも、腹ごしらえはまだだろう？」

客の男は、だが、クイントスではなかった。もっとずっとハンサムで男らしくて、その白いトーガには、赤の太い一本縞——元老院議員のしるしがはいっている。

「——ラビエヌスさん——。」

首席軍団長の、ラビエヌスだ。

「ごめんなさいラビエヌスさん。」

王子が、小さい体をさらにちいさくした。

「町の中なら安全だと思ったものですから——。」

「ドニ嬢はともかく、あなたは護衛なしであるいてはいけないな、王子。」

ドニが品物をうけとっていると、首席軍団長ティトス・ラビエヌスは、王子の目の高さまでからだをおりまげて、たくましいてのひらで、王子のやわらかい巻き毛の頭をなでた。

「さあ、食べ物がきた。食べながら歩こう。ドニ嬢、町を案内してくれ。」

ドニは、ラビエヌスこそ、首席軍団長なのに、宴会を抜けだしてきていいのだろうかとちょっと思った。

でも、町の大人たちは、「キケロ先生」とばかり話したがっていたし、ほかの軍団長——サビヌス、コッタ、トレボニウス、あとは顔を見ないと思いだせない――も、笑顔はつくっているが、あんまり楽しそうではなかったのをおもいだして、それは言わないでおくことにした。

それに、クイントスとちがって、ラビエヌスは子供に食べ物をわけてくれなどと女々しいことはいわなかった。それどころか、王子が屋台の前でたちどまると、それがどんなつまらないものであれ、吟味して、買ってくれようとするのだ。

「ドニ嬢はなにがいい？」

王子がついに誘惑に負け、カールした金髪によくにあう細ひものはちまきを買ってもらうと、ラビエヌスはドニをふりかえった。

「すきなものを一つだけ。」

すでに、食料品店のならぶ一角はとおりすぎていた。このあたりは、糸、針、布や、その完成品を売る区画だった。

ペンがほしい――。

ドニは口ごもった。

ガリアの常識では、それは「女の子らしくないこと」とされていたからだ。ドニは言った。

「イラクサの刺繍糸を――。」

「イラクサか――。」

ラビエヌスは薄桃色にそめられた、糸玉を取り上げた。

クイントスによれば、とげだらけのイラクサを煮てしごいて糸をとる方法は、すでにローマではすたれているらしい。ローマではそもそも、植物からではなく、羊毛をつむいでつくる毛織物が、繊維の主力だという。ガリアでは、イラクサは、春先の柔らかすぎる若芽などを、食用にもするのだが――。

そのとき、奥から不機嫌そうな声がした。

「店に食べ物を持ち込まんでくれんかね。あとでネズミでもわいたらどうしてくれるかね。」

そこは、布やら皮革やらの仕立てをする工房だった。目つきのするどい老職人が、ラビエヌスのトーガを、うろんらしくみつめている。

「――ローマ人かね。」

老職人はドニにきいた。ドニは、この人はローマの首席軍団長で、総督カエサルのつぎにえらい人だと言ったが、職人の態度はかわらなかった。

職人の言葉を伝えると、ラビエヌスはすぐに彼に謝罪のことばをのべ、子供たちをつれて店を出たが、通りに出たところで、慎重にあたりをみまわし、場所をおぼえようとしているのがわかった。

はたして、二人がごちそうを食べおえ、道ばたの噴水で手をあらうと、彼は言った。

「戻ろう。さっきの仕立て屋だ。」

ラビエヌスは、ドニに、店先にならんだ糸玉をいくつでも選ぶように言い、さらに王子にも、ズボンに合う留め金のついた革ベルトを買ってやると、機嫌をなおした職人に、その仕事を見てもいいかとたずねた。

職人は、うすくなめした皮革と布で、ズボンをしたてていた。その、複雑なかたちに切られた布を、ラビエヌスは食い入るようにみつめている。

「それは右足だ。」

ぶっきらぼうに、職人は言った。

「旦那も仕立て屋かね。」

「ああ、父がそうだ。今でも故郷の村で働いている。わたしも、軍人にならなければ、あとをついでいたよ。」

ドニがそれを通訳すると、職人はきゅうにため息をつき、それから虫歯のある歯をみせて、にっとわらった。

「わしにも、あんたくらいの息子がいたんだが。やれやれ、どうして若いものというのは、こういう堅気《かたぎ》の仕事をきらうのかね。」

そこからはもう、ラテン語とガリア語の洪水だった。職人は、今日の市長さんの晴れ着のズボンは、うちの仕立てだと自慢し、ラビエヌスは、彼が今仕立てているものの構造をくわしく知りたがった。

育ちのいいドニは、チュニックもズボンもドレスも、できあがったものしか見たことがない。

「今縫っているのは、レンガ職人の大親方が、徒弟たちに着せる揃いのお仕着せだ。あの人はとにかく見栄《みば》えにこだわる人でね。下着はなし、そのかわりに生地は薄めの亜麻布の二枚重ねさ。で、燃えにくいようにところどころが革になっている。これがなんと鹿のなめし革だ。」

ドニがのぞきこむと、職人の手は、重なった布の糸目を、正確に三つずつすくって、縫いすすんでいた。針目はどこまでもまっすぐで、縫いちぢみもひきつれもない。すごい。カルマンドア先生の手さばきをみているようだ。

離れたところで、通りのようすをみていた王子が言った。

「ラビエヌスさん。あなたの——第十軍団のラッパの人が、こちらにやってきますけど。あなたを探しているんだとおもいます。」

「親父さん、またきてもいいかな。」

ラビエヌスは言った。

「次は、ローマの服地を持ってきたいのだが——たとえば、こういった生地は縫えるかね。」

ラビエヌスの見せるトーガの布目を、職人は丁寧にしらべた。

「いい羊毛地《ウール》だ。こんな生地で仕事をしてみたいもんだな。だが——ウールは糸もウールでないと縫えないよ。ご存じだろうがね。——糸と、針も都合してくれるなら。」

「よし。」

二人は握手をかわし、市ホールの宴会場にもどったラビエヌスは、ワインでいい機嫌になっている市長のガリア服を褒めちぎり、なにくわぬ顔で、この服を仕立てた職人に、仕事を頼みたいものだが——と言った。

王子もドニも、すでに手いっぱいのおみやげに、おなかも適度にくちくなっていたが、メリプロスはちゃんと、七面鳥やコンソメのゼリー寄せなど、子供の好きそうなところを取っておいてくれていた。それを、つつんでもらっていると、市長さんのところの執事奴隷がきて、二人それぞれに、いいにおいの焼き栗が、口のところまでいっぱいにつまった、一抱えもある壺を手渡してくれた。

「これは不思議の壺ですぞ。」

執事にも、やはり、王子が五歳かそこらとしかみえなかったようだ。布でふたをした、細くなった口のところを指でさしながら言った。

「嘘をつくもの、なまけもの、欲の皮のつっぱったものは、栗粒を出そうと手をいれると、そのまま抜けなくなってしまうのですぞ。」

寄宿舎にかえったドニは、執事のその言葉に思いだし笑いをしながら、自分ではそれをひとつかみも食べず、壺をかかえて全室をまわって、一人一回ずつ、すきなだけの小栗をつかみとってもらった。

女の子たちの喜びようといったら！

手の入らない高年生のかわりに、いちばん小さい子が何回もやったり、ゲームのたのしさは捨てても、上手な子にたくさんとってねとたのむ子がいたり、いきなり持ち上げて逆さに振って、皆のひんしゅくを買う子がいたり――。

巫女学校の寄宿舎に、甘い香ばしい焼き栗のかおりがみちているころ、冬営地では、首席軍団長のティトス・ラビエヌスが、遠くラヴェンナにいる総督カエサルに、長い手紙を書いていた。

——親愛なるわが友ガイウス。ここアミアンは、去年の冬営地だったセーヌ川南岸より、格段に寒く——。——

カエサルの親友でもある軍団長は、総督を名前で呼び、用件を、そう書きだした。

——ここアミアンは、去年の冬営地だったセーヌ川南岸より格段に寒く、雪もこれから相当につもるとのこと。また、造船所も去年より北のイティウス港に建設したため、かの地でもここでも、寒さで動けなくなる兵が続出している。

本日、アミアン市長の招きにより、町を訪問したところ、町民はみな足にリネンのズボンをはき毛皮をまきつけ、防寒につとめている。また、家々はすべてレンガ壁で、木造の屋根部分に毛皮を張りまわしている。

これをわが冬営地でも取り入れたいと考えるのだが、ズボンの構造は複雑で、ローマの仕立て屋にはすぐには真似しがたいとおもわれる。またレンガ壁は、ガリア城壁とおなじく、間に土や編み柴を入れ込んで、ぶあつく組みあげるため、数十年の使用に耐えそうだが、それゆえかえって当座の用に立てるのはむずかしいかもしれぬ。

もし、許可がえられれば、兵たちのため、せめてズボンだけでもためしてみたい。軍団長の中にも、寒さで腹をくだすものが出ている。友よ、きみの判断を待ちたい。——

ラビエヌスが手紙を伝令にたくすと、十日あまりで返事がきた。

——親愛なるわが友ティトスへ。ガイウス・カエサルより至急便をおくる。

ただちに町の仕立て屋をやとい、五万着のズボンを縫わせてくれ。ただ、それだとローマ人の従軍商人がいい顔をしないだろうから、生地だけは軍が彼らから買い上げ、仕立て屋におろすのがいいだろう。ズボンについては、わたしも必要性は感じていたが、はたしてローマ市民兵があのような不格好なものを喜ぶかどうか、不安に思ったので言いだせずにいた。こうしてげんに必要性が生じ、君が提案してわたしが命じたとなれば、皆もすんなり納得してくれるだろう。腹をくだしたのはクイントス・キケロあたりだろうか。まず彼を説得して使わせてみるといい。

それから、レンガの件だが――

友よ、思い出してくれ。われわれローマには、「セメント」という文明の道具があるではないか。あの堅牢な「ガリア壁」ほどは強くなくていいのだから、たとえばすでにできあがった板壁に、セメントでレンガをはりつけるだけでも、相当な防寒になるとは思わないか？　それと、屋根に毛皮はわたしも思いつかなかった。すばらしい考えだからぜひやってみてほしい。――

つづいて、ラビエヌスの苦労にはいつも感謝していること、仕事上の必要とはいえ、毎年ながら、自分ひとりが温暖なラヴェンナに滞在することになって、みんなにはすまないと思っていること、そしてさいごに、ラビエヌスの健康を祈るむねの言葉がついて、手紙はおわっていた。

よみおえると、ラビエヌスはそれを大事に、もとのようにおりたたんで、チュニックの胸のところにいれた。それから、たちあがって部下を呼び、カエサルの許可がおりたから、ただちにズボン五万着分の生地を、従軍商人から買い上げるように、と命じた。

数日して、アミアンの仕立て屋から、見本品がとどいた。ラビエヌスはそれを、カエサルの指示どおりに、まずクイントス・キケロのところへもっていった。

クイントスは、内心、王子の小さなズボンを、あたたかそうでうらやましいと思っていたようだ。さっそくにトーガの下にはいて、ドニたちの待つ「朝ごはんの会」にあらわれた。

V

「アミアンは実にすばらしい。」

クイントスの口調はさいしょのころよりずいぶん重々しくなっている。会に、ミルチ先生が加わったからだ。

「イタリアの田舎町より、よほど都会です。建物が石づくりであれば、おそらく、ローマと見わけがつかないでしょうな。」

ドニたちが抜けだしていた、あの市ホールでの宴会で、クイントスは市長さんと意気投合したらしい。

市長さんの本業は、町に代々つづく「代書屋」で、市民その他のガリア人が、あまり上手でない文字で書いた文書や、その場にやってきて口述することがらを、きれいなギリシャ文字やラテン文字で清書するのが仕事だった。

ミルチ先生によれば、なんでも、市長さん宅には、何代かまえのご先祖が買った、ギリシャ語のりっぱな書物があるらしいのだが、代をかさねるにつれ、それがどういうものなのかわからなくなってしまった。――ついてはキケロ先生に、その解読会をひらいてほしい、というのである。

王子には、「エラトステネスの篩《ふるい》」というあらたな課題が与えられた。掛け算をつかう一種の数列ゲームで、一をのぞく百までの数字から、やはり一をのぞく九までの掛け算で得られた数を、取り除いていくというものなのだが――。

さすがの王子にも、これはかなりの難物のようだった。どうしたことか、ブリタニア人はみな、五以上の数の感覚があまり確かでなく、彼らが「かぞえきれない」という意味でよくつかう「五の五倍」という言い回しが、ほんとうはいくつになるのかなど、考えたこともないという人たちだったからだ。

手だの足だのの指を総動員で、うんうん唸っている王子を、ドニがひとりで手助けしている横で、クイントスが、書物用の背負子《しょいこ》で十袋くらいある市長さんの巻物を、かたはしから読んでギリシャ語からラテン語に直す。それを、となりにすわっているミルチ先生が、ラテン語からガリア語に書きうつしていく。

すぐに、他の大人たちも加わってきた。

兵士たちは、みんなこういうお勉強が大好きだった。戦士であり同時に読書家や学者であるという人々を、ドニははじめてみた。大隊長や百人隊長、一般兵士のなかにも、ロードスに留学しただの、誰それについてアテネに行ったことがあるだのいうのが、まるでライン河の向こう岸の、はてしない森の木々みたいに、ぞくぞくとわいて出てきた。

奴隷のメリプロスは、ガリア語、ラテン語、そしてギリシャ語をひとりであやつった。なんと父親が、エジプトのアレクサンドリアでギリシャ哲学をおさめた教師だというのだ。

「うちの旦那さま（＝カエサルそのひと）にギリシャ語をお教えしたのは、父のアントニウス・グリフォなのです。」

ついにドニにも手に負えなくなった「エラトステネスの篩」に手を貸してくれながら、メリプロスはガリア語で言った。

「ポンペイウス家に縁づかれた、ユリアお嬢さまにも、そのお従兄《いとこ》さまのペディウスさまにも。ペディウスさまというのは、ほら、いまクイントス閣下のとなりで――。」

そのペディウス――つまりこの若い人は、カエサルの甥にあたるわけだ――が、あんまりカエサルに似ていない丸っこい鼻をこちらにむけて、「この『ネメシス』というギリシャ語は、ガリア人にはどう説明すればいいんだ？」というと、メリプロスはそこからラテン語になり、すぐにまたガリア語にもどって、ミルチ先生と話しはじめる。

「奴隷って、頭よくないとできないんだね。」

「七の掛け算」に、へたばりかかっている王子がいう。

「僕、とてもだめだ。」

ドニもだめだ。あんなむずかしそうなことを、辛抱づよく説明したり、こんなふうにいくつもの問題を、同時並行で解決していったり――とても無理だ。

「ああ、みんな。ちょっときいてくれ。意思統一をはかりたいんだが。」

そのとき、クイントスが手をあげて人々の注意をひいた。

「この書物が、皆もよく知っているプラウトス作の喜劇『捕虜』の、かなり古い写本だというのには、異論はないかな。」

きびきびした口調が、いかにも「軍隊」だ。みんな、作業の手をとめて、クイントスの発言にききいっている。

「とすると、だ、諸君。これは、『ギリシャ語の書物』ではあるが『ギリシャの書物』ではないことになる。これはローマでかかれたものだ。――知ってのとおり、プラウトスは舞台台本をすべてギリシャ語で書いたが、生まれはウンブリアで、つまり生粋のローマ人。活躍の場も、ローマに限定されている。」

クイントスさんて意外に頭いい。

ドニは、子供っぽくふるまう彼を、誤解していたことにきがついた。クイントスは、ガリア人のミルチ先生にもわかるように、ローマ人ならだれでも知っているらしいことを、それとなく説明してくれていた。

「それで――。」

クイントスはつづけた。

「いま、ざっと見たところでは巻数に欠けはなし。めだった汚れもなし。もしかするとこれは、どこか属州を転々としたのちにここへ集まったものなのかもしれない。――思うに、だれかが、ラテン語のタイトルラベルを、いらないとおもってはがしてしまったのだろう。それで、その時点から以降にこれをみた者が、これを、ローマからではなく、ギリシャからの舶来品だと、誤解するにいたったのだろうと思うのだが。」

「古い、といわれましたが、キケロ閣下。」

ミルチ先生が言った。クイントスはうなづいた。

「さよう、今、ローマで上演されている『新喜劇』の台本より、ずっと原本に近いはずです。――つまり今われわれは、ローマ喜劇作家プラウトスが手を触れ、その息がかかったかもしれない原本に、かぎりなく近いものに触れていることになる。――どうだろう諸君。これはローマに報告すべきだと、わたしは考えるのだが。」


その知らせは、巫女学校から、ただちに市長のもとへもとどけられた。クイントスが、カエサルのもとへだけでなく、兄のマルクスや、不仲でしられる妻のところにも、自慢たらたらの手紙をやったので、やがて、ローマから、出版社アッティクス所属の、腕ききの写本奴隷が何人もおくられてきた。

アッティクスは、兄キケロの親友であったが、クイントスにとっては、妻の兄でもあったのだ。

雪がつもり、町と冬営地との行き来は困難になりはじめたが、新発見のプラウトス戯曲の翻訳と写本は、たゆまぬ努力でつづけられた。

そのうち、クイントスとミルチ先生が、ふたりでなにか相談をはじめた。クイントスが、全体をラテン語に訳し終えたときだ。

「わかりましたわ、キケロ閣下。」

ミルチ先生は、たのしそうに言った。

「ご一緒にまいりましょう。書物をかつぐ人手か馬をお借りしなくてはなりませんし、なにより市長にはあなたからお話しいただかなくては。」

ドニはきがついている。

クイントスさんとミルチ先生——。

なんだかとっても「いい感じ」だ。

「ねえ、気がついてる?」

王子も言った。

「ねえドニ。あの二人、ときどきへんな話をするんだ。」

「へんな話って?」

この子、どのくらい気がついているんだろう、とおもって、ドニは話をつづけさせた。王子の答えはこうだった。

「暦の話。」

暦?

ドニは口をおおった。

大人の男女が、暦の話をするといったら、あれしかないではないか！

たいへんな秘密を知ってしまったと思って、真っ赤になって汗をかきはじめたドニは、つづく王子の言葉を、よくきいていなかった。例によって、だいじなことをききのがしたのだ。王子はこうつづけていた。

「僕のにがてな、数学の話だよ。ローマの暦とガリアのとが、ずれているのいないの、どっちが正しいの正しくないの、ギリシャとエジプトがどうのこうの――。ねえ。ねえってばドニ、聞いてる？」

町からかえってきた大人《おとな》二人は、首席軍団長ラビエヌスに要請して、いまや「ローマ軍文芸部」と化した、王子マンドブラキウスの家に、全軍団長をあつめてもらった。サビヌス、コッタ、ロスキウスなど、これまで加わっていなかった面々にも、声がかかった。

「軍議」をおもわせるいかめしい雰囲気のなか、さいしょにクイントスが言った。

「戯曲『捕虜』を上演する。」

ラビエヌスも言った。

「昨年、オルレアンでの冬営時、軍団兵有志で、アリストパネスの喜劇をやったことがあった。あのときはろくな台本もなく、せっかくのギリシャ劇が、下世話な村芝居になってしまったのだったが――。今回はちがう。クイントス・キケロが、監督をつとめてくれる。」

「この劇は、異民族に、ローマというものを理解してもらうには、うってつけだ。」

あとをひきとったクイントスの口調には、確信がこもっていた。

「すぐれた喜劇でありながら、猥雑《わいざつ》な部分がなく、安心して子供にもみせられる。しかも、ありがたいことに、女が出てこない。女優も、女形も必要ない。」

おおお。

サビヌス、コッタなど、新参の面々が、顔をみあわせてうなづきあう。

たぶん、体格のせいだとおもうが、ローマ人は、「男らしくないこと」を極端にきらう。身の丈も骨も筋肉の量も、ガリア人にもギリシャ人にも大きく引けをとるローマ人たちは、女装してくねくね演技するなど、死んでもごめんだと思っているのだ。

ラビエヌスが言った。

「上演はギリシャ語とし、それに、ガリア語の翻訳係をつける。ギリシャ語にはみな問題ないと思うが、自信がなければ役者以外の任についてもらいたい。場所はこの冬営地。空き地に、臨時の劇場を建設する。当日は、近隣のガリア部族にも招待状を出し、集まったもの同士、ともに冬至の祭りを祝いたいと思っている。」

大人たちの話が拍手で終わったあと、ドニと王子は、クイントスたちのところへいき、自分たちのはなしあったことをつたえた。王子は、劇の上演がおわるまでのあいだ、どこか別な場所——クイントスの宿舎にでも身をひいて、ここを皆に提供したい、と言いだしていたのだった。

それをきいた大人たちは顔をみあわせ、ラビエヌスが、そのハンサムな顔を、ぐっと二人にちかづけて言った。

「きみたち、聞いていなかったのかね。上演にはガリア語の翻訳をつけなくてはならないのだよ。」

「そうそう。ラビエヌスの言う通り。」

クイントスもうなづきながら言った。

「翻訳はミルチどのとメリプロスがやるとして、いったい誰が、舞台のうえで、その役をやればいいと思う？」


さて――。

クイントスが気に入ったズボンだが、彼のように部屋でじっとしている人種はともかく、外でたちはたらく一般兵士たちには、細くてきつくて、不評だった。

もともと、トーガなどでもわかるように、ゆったりしたものを好む人々だ。チュニックをとってみても、ガリア人のよりずっとゆったりたっぷり作ってある。

もっと布のなかで身体が泳ぐようなものがいい。それに丈ももうすこし短く。長いと軍用靴の脱ぎ履きがしにくくてかなわない。

リクエストは、すぐにアミアンの仕立て屋に伝えられたが、昔かたぎの老職人は、その変更に、烈火のごとく怒りだした。

「そんなものはズボンではない。田舎者のステテコだ。ズボン職人は、そんなものは縫わないのだ。」

軍団兵総ズボン計画は、そこで一頓挫した。一部納入されていた完成品までもが返されることになり、寒風ふきすさぶなかでの歩哨や、雪の中での野外訓練など、どうしても外にでなくてはならない時には、兵士たちはあいかわらず寒さにふるえることになった。

さいわい、レンガで板壁をおおうほうは、工事も順調にすすんだので、部屋のなかに暖気をためることができるのが、せめてもの救いというものだったが、そのうちに——。

軍団づきの奴隷たちが、兵士に支給されるはずだった完成品のズボンを、どこからか手に入れて使いはじめた。自由人の兵士より、格段に外にいることの多い奴隷たちは、サイズだのデザインだのとぜいたくはいわなかった。捨て値同然で売りに出ていたというそれを、彼らは、自分たちの小遣いを工面して調達してきた。

上等のウールでおおわれた彼らの足をみて、うらやましくおもわなかった軍団兵はいなかったが、それを禁じたりとりあげたりするような不心得ものは、一人も出なかった。

さよう。

寒さとやせがまんのなか、通し狂言「捕虜」の稽古ははじまったのだ。

主役の「二人の捕虜」には、軍団長のサビヌスとコッタが決まった。話のなかにでてくる「捕虜」の片方の顔の描写に、サビヌスがぴったりなのである。二人はひとつの軍団を協力しあって統率しており、うまがあうことでも知られていた。

ほかの役――「人買い（＝奴隷商人）」の老人や、道化。話を複雑にとっちらかす役の「三人めの捕虜」も、軍団長のなかから選ばれた。町のひとびとに、ローマ軍の主なものの顔を覚えてもらうのも、上演の目的だったからだ。

唯一の悪役「逃亡奴隷」には、ラビエヌスがなることになった。これは、人買いヘギオ老人の息子（事件発生当時四歳の幼児）を、さらって売り飛ばしたという極悪人で、さすがにだれもやりたがる者がなかったからだ。

キケロは彼のために、台本に手をくわえた。

「じつはいい身分の生まれで、子供をつれ出したのも不幸な偶然ということにしよう。あの男っぷりで極悪人では、お客がだまってないだろう。」

クイントスはさらに、彼に、話を大団円へもっていくための、重要な役目を書き足してやった。

語り手役のドニと王子は、面倒な算数から解放され、全員のせりふを書きうつして覚えるという、たのしい任務に従事することになった。おおっぴらに文字が書けて、ドニはこのうえなく満足だった。

ガリア暦「冬のはじまりの月の十日」、ローマ暦では年がかわって（ＢＣ５４年）二月の二十日――冬至。

ローマ喜劇「捕虜」は上演された。

――神々というのは残酷で、私たち人間を、まるでお手玉のように、もてあそびたもうものでございます。――

クイントスの奴隷で、笛の名人だという少年が吹く伴奏にあわせて、ドニがガリア語で語りだすと、「アミアン市長秘蔵の謎の巻物」の正体をしりたがっていたひとびとは、興味津々できいった。

ローマ軍は、招待した人々に、「夫人同伴がローマ式」と声をかけていたので、あつまった観客の半分は、女であった。顔がわかるのは、市長夫人はじめ、町の名士の奥方たち。周辺の大小の族長たちも、妻をつれてきているようだ。ただ、彼らも、多少の警戒はしたのだろう。子供や、年頃の娘は、一人もまじっていない。

笛が鳴っている間は、劇は進行しないことになっていた。そのあいだ、役者は全員、横一列にならび、ドニの語りにあわせて、黙劇を演じる。

――ここに二人の捕虜がおります。戦場で生け捕りになったばかりで、もとは主人とその奴隷にございますが、いまは二人ともがこの家《や》のあるじへギオという名の老人に買い取られ、あわれ奴隷の身分でございます。

そしてさらに、気の毒なことには、この、もともとの奴隷のほうでございますが、いったいどういうめぐりあわせか、いま、ほかならぬ、自分の父親の奴隷となっているのでございます。息子はなにゆえ父とわからないのでございましょう。父親も、なにゆえに、愛するわが子と気がつかないのでございましょう。――

この、もとから奴隷だったほう――つまり、本当は老ヘギオの息子のチュンダルスという若者が、これまでのご恩を返すにはこの時とばかりに、たがいの身分を交換し、主人であり親友でもあるピロクラテスを、なんとかして自由身分に戻そうとするところから、すったもんだがはじまる。

ヘギオ老人を演じるのは、ぽっちゃりと人のよさそうな、クラッススという若者（もちろん老人らしく顔かたちなどこしらえている）で、どうみても、好きこのんで奴隷商人なんぞという人聞きのわるい商売をするようにはみえない。観客がそれを、不思議におもいはじめたところに、すかさず、ドニの語りによる黙劇がはいる。

ヘギオには、じつは、息子が二人いる。

下の息子を幼くしてさらわれたヘギオ老人は、のこった上の息子を、それは大切に育てあげた。その甲斐あって、上の息子は無事成人。今年、はじめて軍務につき、ピロクラテスの国との戦いに参加したところ、武運つたなく彼もまた、捕虜となり奴隷となって、いまは敵国で医者をしているなんとかいう男に、召し使われる境遇であるという。

ヘギオ老人はそれゆえ、医者の奴隷になった上の息子を買い戻そうと、狂気のようになって敵国の捕虜を買い集め、息子と交換しようとしているのだ。

この、ややこしい、「奴隷」だの「息子」だのの入り組んだ関係図のうえに、さらに「三人目の新米奴隷」がでてきて、話は大混乱。——察しのわるい「三人目」が、せっかくうまくいきかけたチュンダルスの策略を、根底からぶちこわす爆弾発言をする。

このころになると、観客はもう劇の展開に夢中だった。役者のせりふを、マンドブラキウス王子が一手にひきうけ、かわいらしい子供の声で通訳するものだから、舞台上のつたない演技も、まるであやつり人形のように見えて、かえって面白みをうんでいた。

そしてついに、怒りと絶望にわれをわすれたヘギオ老人が、本当の息子ともしらず、チュンダルスを手かせ足かせのうえしばりあげて、石切り場での六百の鞭うちと、毎日誰よりも多くの巨石を切りだし運ぶという重労働を課される重罪人として売り飛ばそうとすると、貴婦人たちは、すっかりそれを本当のことのように思ってしまって、可哀そうがって泣きだすもの、その人は本当はあなたの息子なのよと、舞台にむかって声をはりあげるもの、だまって、ハンカチをにぎりしめて、なりゆきを見守っているもの——。

演出のクイントスが、満足顔で、舞台そでからつぎの場面への合図をだした。

——ご注進、ご注ー進ー。——

ヘギオのまえに、道化で食客《しょっかく》のガスがとんでくる。

ガリア語で「食客」とは、「高貴な客」を意味するため、ミルチ先生はこれに「ただ飯《めし》食らい」という身もふたもない訳語をつけ、長い立派な名前も、まるでちびたアスパラガスみたいにちぢめてしまっていたのだが、このガスが、あわれな青年チュンダルスが、石切り場にひいていかれたすぐあと、「港にピロクラテスがもどってきた！」といって、ヘギオ家の庭にとびこんでくるのである。

ガスはピロクラテスが老ヘギオの上の息子を、鎖も縛り縄もない立派な格好をさせてつれてきているといい、さらにつづける。

——それがでございます、旦那さま。わたくし、見ましてございます。あのずるがしこいピロクラテスめがつれている二人めの男ともうしますのは、むかし、旦那さまの下のぼっちゃまをさらってにげた、あのにっくき逃亡奴隷めなのでございます。——

舞台上に、当劇団一番の二枚目、逃亡奴隷役のティトス・ラビエヌスが登場すると、仕込んであったサクラ——ラビエヌスの部下たちが、本場ローマの劇場さながらに、声をとばし拍手をし、場をもりあげる。お客は、それで気を取り直して、ふたたび話のつづきを見はじめた。

ヘギオ老人が、これで下の息子のゆくえもわかるぞとよろこんで三人に会うと、ピロクラテスが驚きの事実をあかす。上の息子を買い取っていた、医者のメナルクスというのは、なんとその逃亡奴隷本人で、事情をきかされた彼は、神々のおこした奇跡に感じいり、ヘギオにすべてを説明して、どんな罰でも受けようと、やってきたのだという。

――チュンダルス、いえ、あなたさまのご子息はどこです。あの立派な若者は。――

医師メナルクス（ラビエヌス）はヘギオの前にひざまづく。

――旦那さま。どうぞこの罪ぶかいわたしの身を、あなたさまのご子息とひきかえてくださいませ。――

つづいて、ヘギオ役の若い太ったクラッススが、感動的な長ぜりふを、のはずだったのだが――。
若いクラッススは、だまっていた。
ここまで、無事にこなしてきたというのに、クラッススは、ギリシャ語のせりふをわすれたのだった。若いクラッススは助けをもとめて舞台上をみまわした。
助け舟をだせるものはいない。ドニも王子も、とっさにどうしていいかわからず、クラッススといっしょに絶句した。次はチュンダルスを助けにいかねばならないのに、それを言い出せるのは、頭が真っ白になっている彼だけなのだ。
「ヘギオさん、しっかりして！」

客席から、市長夫人が、たちあがって叫んだ。

「チュンダルスは石切り場よ。はやく助けに行って！　鞭でぶたれて死んでしまうわ！」


終演後――。

お決まりの酒盛りがはじまった。劇場の客席――仕切りのない土間が、そのまま宴会場になった。

医師メナルクスの扮装のまま、くわわっていたラビエヌスは、今日のこの出来事を、どんなふうにカエサルに知らせようかと、皆からすこしはなれたところに、さかづきをはこんできていた。そこへ、ドニと王子がきた。

「ミルチ先生が、雪がつよくなる前においとましましょうって。王子はそろそろおねむの時間だと思うわ。」

王子は、もう立ったまま眠りだしそうだった。ラビエヌスはその頭をなでてお手柄にむくい、メリプロスを呼んだ。

「それから――。」

出入口のところで帰り支度をはじめたミルチ先生を気にしながら、ドニは、ちらっとべつなほうをみた。

「あの人があなたと話したがってる。あの人――。」

その男とは、ラビエヌスも話したいと思っていた。ドニたちが去ると、その男がちかづいてきた。

「いい芝居だった。」

ズボン職人は言い、二人はローマ式にさかづきをあわせ、乾杯した。

「あの若い人の兄上というのは、いま、ペルシャに行っている人だろう？」

職人がしめしたのは、やはり老ヘギオの格好のまま宴にくわわっている、若いマルクス・クラッススだ。

市長夫人は、ご子息と同じ年齢の彼をいたくお気に入りで、旦那と自分の間に席をとらせ「太っちょマルクスさん」と、あだ名までつけて、かたときもはなそうとしない。クラッススもまんざらではないようだ。――夫人は、ゆたかなからだつきが、ローマ社交界の華――彼の母親のテウトーリアと、似ていなくもなかった。

――職人が言うのは、マルクスの兄の、プブリウス・クラッススのことだな、と思って、ラビエヌスはうなづいた。

マルクスの兄プブリウス。兄弟ながら、マルクスとは似ても似つかない筋肉質で、その点では、彼は、父親のクラッスス（ローマ政界の大元締めの一人）とも、あまり似ていない。

父や弟よりも軍事の才能にすぐれたプブリウス青年は、ここガリアで数々の戦功をあげ、軍団長にまで出世して、いま、父クラッススの企図した「ペルシャ討伐」に参加しようと、カエサルから分け与えられた、一千のガリア騎兵をひきいて、陸路、ペルシャへむかっている。

職人は言った。

「芝居のさいごのせりふはよかったな。なんだっけ。」

それは、芝居のなかで何度かでてきて、最後は「医師メナルクス」が、老ヘギオに、昔の罪を許されるくだりで、全員がそろってとなえる終幕のせりふだった。職人は、ラテン語で言った。


——よき神はたしかにおわしたもう。われらのすることをすべて見、すべて聞き、そしてわれらがわれらのまわりのものをとりあつかうのとおなじやりかたで、わが愛するものの面倒をみてくださる。それゆえ、たがいにはなれていても、なにも心配することはないのだ。神は、よい恵みを与えるものにはよい恵みを。罰を受くべきものは、正しい公平な態度で、さばいてくださる。——


「市長さんとこの息子は——。」

職人は言った。

「市長さんとこの息子は、そのププリウス将軍についていったんだ。一千騎のうち、二百をまかされていなさる。きっと、手柄をたててお戻りだろう。——うちのせがれも。」

「きみの息子に。」

来たばかりの葡萄酒をとりあげ、ラビエヌスは彼に一杯ついだ。酒は、ベルガエ風に、香草がまぜられ、燗がついていた。職人は、彼とさかづきを合わせると、言った。

「すまんが、ズボン生地を、もう一度調達してくれるか。なんで息子がお前さんたちの軍についていったか、わしにもよくわかったから。」

「わかった。」

さかづきをおき、二人はがっしりと、握手をかわした。

VI

翌月――

カエサルが、南部ガリアから、アミアンにもどってきた。

「寒い寒いと聞いてはいたが――。」

その地位のしるし――緋色の軍用マントをきて、まっすぐに司令本部へ入ってきた属州総督閣下は、あいかわらず快活で上機嫌だった。

「すごい雪だな。れいのズボンは皆に行き渡ったのかな?」

冬至の翌月であるが、ローマ暦ではもう三月だ。三月といえば、ローマ本国ではとっくに春にはいっている。

「今年は特別らしい。」

上役とはいえ、昔からの親友という気やすさで、ラビエヌスも軽い口調でこたえた。

「去年の、冬営にはいる少し前、このちょっと北の――ベルガエの奥地を一押ししただろう。そのときの様子を市長たちに話したんだが——沼が干上がったり森が水びたしになっていたり——みな首をかしげていた。」

「うむ。」

カエサルはうなづき、ちょっと地図を見よう、といって、ラビエヌスを軍議のひらかれる部屋へつれていった。ローマ式のカーテンをくぐると、テーブルの隙間から、王子マンドブラキウスが、にこにこ笑いながら顔をだした。

「王子！」

ラビエヌスがあわてて言った。

「かくれんぼならよそでなさってください！」

声をききつけたのだろう。クイントス・キケロがとんできた。

「ああ、どうも、おかえりなさい、カエサル。これはどうも、とんだところを——。」

「キケロ！」

カエサルはおおきく両腕をひろげて、クイントスをだきしめた。

「きみには一番に会いたかったのだ。アミアン市民との交流につくしてくれたそうじゃないか。大手柄だよ。」

「お、おそれいります、カエサル。」

カエサルはつぎに、冬のあいだに背ののびた王子をだきあげた。

「ええと、マンドブラキウス。きみはいったいいくつになったのだっけ。」

カエサルは、気が付いているぞという顔でほほえんでいた。王子は顔をあからめた。

「八歳――です、カエサル。」

「今日はドニ嬢は？」

これには、クイントスがこたえた。

「ドニとミルチどのは明日みえられます。明日が、王子の『勉学の日』ですので。」

「そうか。」

するとカエサルは、彼にしてはめずらしく、眉のあいだにくもった表情をうかべ、では、やはりこの話を真っ先にしなくては、といって、マントの留め金をはずした。

この、よく目立つ真っ赤なマントは、総督はここにいるぞという目印である。総督は、移動中はこれをつねに身につけ、陣営に入ったら、ただちにその陣門に、旗印としてかかげなければならない。

彼にしたがって、総督づきの警吏が、部屋外まできていた。彼はその一人を呼び、マントをわたすと、それを門上にかかげるところを、王子にみせてやるように命じた。

王子が、クイントスとつれだっていなくなると、カエサルは地図をしめした。

「ミラノでもプロバンスでも、おなじうわさが流れているんだ。」

それは、ガリア東端の情勢である。

西端が大海峡で区切られているのと同様、ガリア東端にも、大水路がよこたわっていた。ライン河だ。この流れのはげしい大河のむこうは、ローマとガリア共通の敵、ゲルマン人の領域である。

「トレヴェリ族の動きがおかしい。」

その、境界の、ガリア側の一角を、カエサルはさししめした。

「来るとちゅう、セクアニ族とハエドゥイ族の主だったものと話をしたんだが、同意見だった。――トレヴェリ族の親ローマ派、部族長キンゲトリクスの力が弱まっている。かわって、反ローマでゲルマン寄りの、インドテオマルス――キンゲトリクスの叔父とその一党が、部族全体の実権をにぎりつつある、と。」

「インドテオマルスというのは、れいの――。」

「そう。キンゲトリクスと戦って負け、自分の娘を彼の妻にと差し出した、あのずるそうな老人だ。――知ってのとおり、キンゲトリクスとその若妻のあいだには、男の子がうまれてしまったんだが――。」

キンゲトリクスにも、インドテオマルスにも、ラビエヌスは面識がある。

「キンゲトリクス――じつにいい男だった。カエサル、きみの古い友人ときいたが――。」

「うん。たくましく爽やかで、ねとねとしたところが少しもない――。戦士としては、申し分ないんだがな。」

人質同然だったはずの若妻は、いまや「トレヴェリの世継ぎ」の母になった。つまりキンゲトリクスというその部族長は、宿敵であるインドテオマルスを、自らによって、うかつにも、「世継ぎの祖父」

にしてしまったわけだ。

「攻めるか、トレヴェリ族を。」

「いや――。」

カエサルはかぶりをふった。

「かなり分がわるくなっているようだが、彼も、もう少しならがんばってくれるだろう。それには、だれかの手助けがいる。」

カエサルの目をみて、ラビエヌスはうなづいた。

「わかった。任せてくれ。」

トレヴェリ族の領地のすぐ外には、いまやだれよりも親ローマである、レミ族の土地がひろがっている。

一昨年（BC56年）の夏、ラビエヌスはここに、騎兵団とともに駐留した。

カエサルは地図をしめした。

「今回はさらにトレヴェリの地へ寄ったところに、拠点を作ってくれ。今回は友好のためではない。脅しのための駐留だ。」

「うむ――。」

レミ族や、トレヴェリ族でも友好的な人々は、今回もまた協力してくれるだろう。トレヴェリの地へいきつくには、ライン河に合流するもう一つの川（モーゼル川）を下っていくのが一番だが、こまかい地形は、いってみないとわからない。

「——で、カエサル——。」

話がすむと、ラビエヌスは言った。

「きみは予定通り？」

「ああ。再度ブリタニアだ。」

カエサルはうなづいた。

ブリタニアの海岸地方制覇は、去年、やりきれずに中途になっている。冬がせまり、カエサルが時間切れでガリアへもどるときまったとき、それまでのたった一、二度の手合わせでローマ軍を見くびってしまった英国紳士のご先祖たちは、人質を送ると約束しながら、大半が、その義務を怠っている。

「イティウス港での船の建造は順調だろうね？」

「うむ、その、イティウスなんだが——。」

言いだそうとして、ラビエヌスは、ふと気になって、出入り口のカーテンから外をうかがった。小さな王子の、あの澄んだ愛くるしい目が、そこにあるように錯覚したのだ。

だれもいない。

属州総督にはつきものの六人の警吏（いまは五人）が、だまってそこに居並んでいるだけだ。

「——これは王子にはまだ言っていないんだが——。」

カエサルに向き直って、ラビエヌスは切り出した。

「じつは、ブリタニアから――。」


イティウスに、ブリタニアの使節がきている。

ラビエヌスの話は、それだった。

トリノヴァンテス族からの使者で、彼らが辞をひくくして言うには、ローマに保護されているじぶんたちの王子マンドブラキウスを、王に即位させたいから返してもらいたい、というのが、使いの向きなのだという。

それを、

「にせものではないか。」

と、ラビエヌスは言うのだった。

母方の伯父の、まじない師、と使者は名乗ったらしい。報告によれば、その顔は深い金髪のひげでおおわれ、体も毛むくじゃらで、それに、これだけは王子と似ていると言えなくもない、青い星みたいな目がついているものだから、風体は不気味そのもの。マンドブラキウスと似ているのかいないのかさえ、定かではない。

「それに――。」

とラビエヌスはつづけた。

「たしかきみの話だと、ブリタニア人の成年男子は、みな身体を青く染めているというし――。」

「それは戦うときだけだよ。」

ブリタニアへ渡ったことのないラビエヌスの思い違いを、だがカエサルは笑わなかった。

「でも、きみのその勘、当たっているとこわいな。」

ちょっとのあいだ考え、属州総督は持ち前の陽気さで、すばやく結論をだした。

「マンドブラキウスに旅じたくを。」

ラビエヌスも、くどくはきかなかった。

「わたしもいく。巫女学校には？」

「巫女学校か——。」

カエサルは微笑した。

「これから挨拶がてら行ってくるよ。ドニももう放課後だろう。」


エニヤさまのいおりにきたカエサルに、だが、ドニは会うことができなかった。

ドニは、町にいた。数人の上級生といっしょに、暦学のピリドクス先生のお供で、書物運びのお手伝いにかりだされていたのだ。

傷んだ巻き物を、背負子《しょいこ》にいくつも、ピリドクス先生は女の子たちにかつがせていた。使いこまれて、ところどころ文字がみえないのもある。先生はそれを、市長さんのところに寄宿している、ローマからきた巻き物修理の専門家に、もちこんでいた。

「アリスタルコスですな。天文学者には必携だ。」

出版社アッティクス所属の、解放奴隷の表装師は、ラベルもみえなくなっているそれを、最初の二、三行でみわけた。

「いつお求めになりましたか。買われた時は新品でしたか？」

すでにプラウトスの古写本を目にしている彼は、とても慎重だった。

あずけていただければ、ローマに送って、ルクルス家所蔵の原本と照合しますが、と、彼は言ったが、先生のほうも慎重だった。ローマになんか持っていかれては、どんな手違いが生じて、大事な書物がもどってこなくなるか、わかったものではない。

「では、書写をさせていただきたいのですが——。」

「汚さんでくれよ。そして、修理はいそいでもらいたいのだ。『ガリア全部族長会議』に持っていかねばならんのだから。」

巻き物をすべてひろげ、修理箇所を確認しおえると、表具師は修理にかかるぶんの材料代と、写本させてもらう礼金とを、天秤にかけはじめた。巫女学校の先生がたは、ふつう、支払いにはつけがきくことになっていたが、ローマ人はそれを知らない。

即金。先生が表具師に金貨一枚——。

にらみあう二人をおいて、ドニが市長さんをよびにいく羽目になった。

「支払いは当家が。」

双方の主張をきいて、市長は咳ばらいした。

「ピリドクス先生の暦は、この町の宝ですからな。毎年、全部族長会議で決議されたものを、うちで頒布させてもらっているわけだし――。」

それは、全ガリアの賢者巫女のもとへおくられ、秋までの農業牧畜の、欠かせないめやすとなっている。市長さんは、ローマ人の表具師にむきなおった。

「不満もあろうが、納得してくれないかね。北ガリアでは、正しい暦は生きるか死ぬかの命づななんだよ。この善行を、きっとあんたの神さまが、あんたにむくいてくださるさ。」


数日後。

ドニはミルチ先生によびだされた。

「王子はブリタニアに帰ることになったそうです。」

以前の、有無をいわせない口調に、先生はもどっていた。

「あなたもわたしも、冬営地へ通う必要はなくなりました。ご苦労さまでしたね、ドニ。」

「ブリタニアへ？　帰る――？」

ドニはつぶやいた。

「じゃあ、さよならをいわなくちゃ。」

「王子はすでにイティウスの港にいます。」

とおい地名をもちだされて、ドニはだまりこんだ。一人では、とてもたどりつけない。ミルチ先生は言った。声に、ちょっとだけ、残念そうな響きがまじった。

「カエサルはせっかちです。冬営地もいそがしくなるでしょうよ。」

その言葉どおり、総督在営のしるし、緋色のマントを門上にひるがえらせた冬営地は、まるで眠りからさめたように、うごきはじめた。ラビエヌスにひきいられた第十軍団が、あわただしくどこかへでかけていき、それから、カエサル自身が、毎年恒例の「春の全ガリア部族長会議」出席のため、ミルチ先生やピリドクス先生を護衛するようなかっこうで出発していき――。

クイントス・キケロが、ふらりと学校にあらわれたのは、そんなとある日の夕方であった。

勝手口に、ぬっと突っ立っていたクイントスの顔を、パンハおばさんはおぼえていた。ドニが、授業をおえてあいにいくと、彼は、大好物の焦《こ》がし麦牛乳をふるまわれながら、おとなしくドニを待っていた。

「ちょっと外へでないか。話があるんだ。」

学校の外へでるのは、誰か先生の許しがないと、さすがにちょっとまずい。

ドニは、あのイチイの木の根株がある、「御留めの森」へ、クイントスをつれだした。

「話って?」

イチイのあたりは、まだ雪がふかくてはいることができない。そこはそれよりずっと手前の、落葉したオークやカシ、ハシバミなどのしげるあたりだ。

おみやげだ、といって、クイントスはまずトーガのひだにかくしていたらしい菓子のつつみをくれた。

「きみしか、相談できる人がいなくてね。」

クイントスの様子は、若者のように深刻そうで、子供っぽくもなく、ローマ喜劇を立派にまとめあげた演出家のそれでもなかった。ドニはこたえた。

「何？　なんでもきくわ。」

ドニはこのとき、クイントスが、イティウスの王子に会いにいく方法を、考えてくれているものとばかり思っていた。

「わたしはね。ローマではそれなりにもてるんだよ。ローマでは、ちょっと気のきいた冗談が言えて、楽器のひとつも弾ければどんな宴会にも出入りできる。」

「ヘギオ家の道化みたいに？」

あいてがなにを言いたいのかわからず、ドニはいつものように茶々をいれてしまった。クイントスは失笑し、しゃがみこんで頭をかかえ、すぐにたちあがって、言葉の調子をかえた。

「わかった。もっと単純な話にしよう。——ねえドニ、このガリアで『いい男』っていうのはどういう男だね。——その、なんというか、かっこいい男っていうのは。」

「そりゃあもちろん、強い人だわ。」

わけもわからず、ドニはこたえた。

「とりたてて逞《たくま》しくなくてもいいの。戦場で敵をたおす人。そして決して不正義に屈しない人よ。」

「――そうか。」

落葉した木の下の、子供たちがふみかためた雪のうえで、クイントスは、ながいこと考えこんでいた。

「――わかった。敵をたおし、屈しない――。」

ドニの手に、ローマ産のめずらしいクルミ菓子の包みをのこして、クイントスは去った。イティウス、とも、王子、とも、彼はいわなかった。

ドニはがっくりとうなだれ、とぼとぼと学校へ戻るしかなかった。


このとき、ガリアがどんな状況にあったか――。

それを、ドニはあとで知ることになる。

カエサルがどんな問題をかかえ、冬営地のローマ人たちが、どんなふうにドニやアミアンのことを考えてくれているのか。

このときのドニは、ただ、きゅうによそよそしくなってしまった冬営地の人々に失望し、そして、このひと冬の楽しさを、とおい日のできごとのように回想する、孤独な少女にもどってしまっていた。

毎年、カルテヌス族の地シャルトルで、「春の立つ日」に開催される「ガリア全部族長会議」は、この年は異例にも長引いた。

カエサルが、ブリタニア遠征のため、各部族から騎兵を募集すると発言したため、紛糾したということだったが、月がかわってやっと帰ってきたピリドクス先生は、部族長たちが暦の確定に協力的でなかったといって、かなりご立腹だった。

「カエサルが嘆くのももっともなことだ。部族長どもはだれひとり、ガリアのことなど考えておらん。」

ピリドクス先生は、憤然といってのけると、世の中のことといっさいに背をむけて、ご自分の研究にもどっていかれた。高年生たちは、ますますわけのわからなくなった先生の授業についていけず、中には落第をいいわたされるものも出るしまつだった。

ある朝、冬営地が、突然、本格的に片づけられはじめた。

ドニは、たまらなくなり、学校をぬけだして、まだそびえたっている営門にかけていった。

陣営づきらしい、しらない顔の奴隷——幅の狭いズボンをはいている——たちが、柵やら柱やらの材木を、黙々と荷車につみこんでいる。

だれもいない。

顔なじみの歩哨たちも、ラビエヌスも、クイントスも、メリプロスも、——王子マンドブラキウスも。

「ドニ。ドニ。」

背後から、声がおいかけてきた。

「ドニ。なにをしているの、こんなところで。」

ミルチ先生だった。

しかられる。

ドニは目をつぶり、こぼれおちた涙のすじのうえに、風がふいた。ミルチ先生は言った。

「学校へ戻って、ドニ。正門にキケロさまがみえているのよ。」

「え？」

ドニはふりかえった。


巫女学校正門前に、ローマ共和国軍一個軍団（六千人）が、整列していた。

「これより、イティウスへむかいます。」

ドニが、ミルチ先生とともにかけつけると、軍団長のよろいをきて、別人のようにりりしいクイントス・キケロが、軍団の先頭に立っていた。

「ネルヴィー族の騎士たちとともに、ローマ人の友である、トリノヴァンテス族の王子マンドブラキウスを、その領地まで送り届ける任にあたるのですが――。その前に、ドニ嬢を、イティウスまでお連れするようにというのが、総督のご命令です。」

「王子はまだガリアにいるのですか。ブリタニアに帰ったのではないのですか。」

おもわず、ドニはせきこんでたずねたが、それをおさえて、ミルチ先生が言った。

「キケロさま。あなたがブリタニアへ行ったあと、ドニはひとりで、どうやって戻ってくるのですか。」

「ご心配なく、巫女どの。」

クイントスは、胸にこぶしをあてる、ローマ式の敬礼をした。うわあ、かっこいい、とドニは思った。

「イティウスに、ラビエヌスが残ります。それに――。」

キケロは、ミルチ先生にむかって、まるでカエサルのようにウインクした。

「あなたもご一緒にお連れするようにというのが、総督のご命令なのですが。」

それから約二ヶ月を、港町イティウスで、ドニは王子マンドブラキウスと、かたときもはなれずにすごした。

出港予定は、数日後——ローマ暦六月の新月のはずだったが、王子の迎えの使者としてきたまじない師（もちろん伯父というのは本当で、まじない師ではなく部族の「大賢者」）が、この月はまだ風が逆だから、次の月まで待つべきだと言ったため、二人は、ブリタニアに向かって風がふきはじめるまでの、まるまるふた月、一緒にいることができた。

王子のかたわらには、ゲルマン人よりも大きな、金髪——というより、もう銀髪にちかい、寡黙な若者が、つねにつきしたがっている。

「トールは父上の御者だったんだ。御者はブリタニア戦士にとって、自分の影も同然の、大事な家来なんだよ。」

その顔だちは、ドニの想像していた、伝説の海神「マナナーン・マック・リル」そのもので、ラビエヌスが、「ちがいすぎる」とあやしんだのも道理、クイントスとミルチ先生が、協力してききだしたところによれば、このたくましい御者は、子供のころ、ブリタニアよりさらに北の、雪と氷の大地からつれてこられた、奴隷であるという。

「ローマに最初にやってきたガリア人というのは、じつは出所がわからないんだ。」

クイントスは言った。

「突然、嵐のようにやってきて、略奪して、嵐のように去っていったんだが、言い伝えられている顔かたちも髪や目の色も、いまガリアに住んでいるどのガリア部族とも似ていない。——トールがどこから来たか、正確に話してくれればなあ。いろいろ面白いことがわかるかも知れないのに。」

ローマ暦六月の満月がきたが、出港は、さらにおくれそうだった。風を待っているあいだに、集まったガリア騎士のなかに、ブリタニア行きをしぶる連中がでてきたのだ。

ラビエヌスとカエサルが、その説得に走り回っているあいだ、クイントスとミルチ先生は相談して、子供たちに大人のごたごたを聞かせないよう、軍団集結地からすこしはなれた、造船所に皆をつれていった。

海には波があること、水が塩辛いこと、河よりもずっとたくさんの水があることを、ドニははじめて実体験した。造船所は、砂浜のある入り江を掘ってつくられていて、晴れた昼間には、岬から、水面の彼方にうかぶように、対岸のブリタニアが、みえる。

なんというか、「いい雰囲気」だ。子供より、大人が喜びそうな——。

「今は『春の最後の満月』のはずです。」

先生とクイントスは、まだ「暦」の話をつづけていた。今は、王子の伯父さんもくわわって、話しこんでいる。ミルチ先生が、なんだか深刻そうで、ドニはちょっと心配だ。

「ミルチどの。この話は、わたしがブリタニアから帰るまでの、『宿題』にさせてくれませんか。」

クイントスが、海をみながら言う。それは、ドニにとっては、あの「神々の名」や「月とすばる」の詩よりも、さらにちんぷんかんぷんであった。

「もっと簡単に、すべてを説明する方法がありそうなものなんだが――。ここまでの話を整理しましょう。――ローマの暦と、ギリシャのそれが、かなりずれているというのは、地中海世界ではみなが知っています。もっとも正確なのはエジプトの暦ですが、これはなぜかエジプトでしか役にたちません。――アレクサンドリアの数学者たちにいわせると、われわれの『ローマ暦』というのは、うるう年の挿入が、彼らの知る暦のなかではもっともいいかげんなのだそうで――。でも、そういう彼らの――エジプトの暦だって、春に夏がきたり冬がきたり、いまでは相当に狂っているという話ですよ。なんといっても、五千年、無修正で使ってきたというのですから。」

やっぱり、ちんぷんかんぷんだ。――すくなくとも、妊娠出産の話ではなさそうなのだが――。

「ドニ、あげる。」

王子が、トールといっしょに、なにかひろってきた。

「シャチの歯。このへんではなかなかみつからないんだって。」

大人たちも、話をやめて、その白い象牙質のかたまりを、めずらしそうに見、トールの話をきいて、世の中には巨大な魚もいたものだとひとしきり感心した。

「ドニ、僕ね。」

うちよせる波をみながら、こんどは王子が言った。

クイントスとミルチ先生が、砂浜にそって、そぞろ歩きをはじめている。よかった、王子の伯父さんは遠慮してくれている。

王子は言った。

「僕、ローマ人に出会えて、幸運だったと思ってるんだ。――父上は僕を愛してくれていたけど、人前では絶対に僕を抱き寄せたりしなかった。ブリタニアの男は、みんなそう。なぜなのかわからなかったけど――たぶん、僕たちみたいな子供を、どうしたらいいのかわからなかったんだと、いまは思ってる。」

ドニは黙っていた。なんだか、さえぎってはいけないような気がしたのだ。

「いままで、強い戦士になることが、いちばんだいじなことだと、ずっと思っていたんだけど――。僕、カエサルもラビエヌスも、クイントスさんも大好きだ。あの人たちは、戦士であるまえに『よき大人』だから。僕もああなりたい。すくなくとも、自分の息子に、そっけない男には、なりたくない。」

小さな王子は、ふりかえった。

「ドニ。いっしょに来て、とは、言っちゃいけないんだよね。」

「――ミルチ先生に、なにか聞いたの？」

王子は、だまってうなづいた。

「ドニにも、じぶんの使命があるんだよね。僕のように。」

そう。わたしにはわたしの使命がある——。

ドニもうなづいた。王子は言った。

「故郷に帰れるのはうれしいけど、ドニと別れるのは、ちょっといやだ。ちょっと悲しい。」

「よき大人になって。マンドブラキウス。」

「そうする。うんと美人な子を妃にむかえて、子供をたくさん産んでもらうんだ。」

ローマ暦七月——ガリアの暦では、夏の最初の月の、満月の日。

満潮の、夕暮れの海に、ローマ軍の船団が漕ぎだしていった。風も海も、おだやかに凪いでいた。

「さよなら、さよなら。」

甲板で、王子が声をはりあげた。

「さよなら、ドニ、ミルチ先生。忘れない、忘れないよ！」

船は、夜明けには、ブリタニアに着く。

「さよなら、王子！」

ドニも叫んだ。

「あなたの神が、あなたを見守ってくださいますように！」

シーザー アンド アイ　登場人物紹介

【アミアンの人々】

♛ドニ
アミアン巫女学校の生徒、十四歳

♛ミルチ先生
巫女学校の副校長、ヘルヴェティ族の巫女

♛エニヤさま
巫女学校の校長「アミアンの大巫女」

♛ピリドクス先生
巫女学校の暦学教師、男性、かなりのお年寄り

♛パンハおばさんとカテル
巫女学校の料理番とその娘

ほかに、カルマンドア先生、アミアン市長、市長夫人、ズボン職人の老人など

【そのほかのガリア人】

♛キンゲトリクス
カエサルの友人、トレヴェリ族の部族長

♛インドテオマルス
キンゲトリクスの敵、トレヴェリ族の氏族長の一人

♛シグルド
トレヴェリ族の騎兵隊長、インドテオマルスの息子

♛ウェルティコ

ネルヴィー族の戦士、クイントス・キケロの友人

ほかに、ハエドゥイ族部族長のディビチアクス、その弟で氏族長のドムノリクス、エブロネス族の部族長アンビオリクスなど

【ローマ軍冬営地の人々】

♛マンドブラキウス

ブリタニアの王子、自称五歳

♛メリプロス

カエサル家の執事奴隷

♛クイントス

ドニとマンドブラキウスの「朝ごはんの友」

♛ティトス・ラビエヌス

ローマ軍首席軍団長、カエサルの部下で親友

♛クイントス・トゥリウス・キケロ

カエサルの部下、かの有名な「キケロ」の弟

ほかに、サビヌス、コッタ、トレボニウスなど、軍団長数人

♛ガイウス・ユリウス・カエサル
（ジュリアス・シーザー）

ローマ共和国ガリア属州総督

上王の娘《バン・コアルバ》

I

この年は、夏が長かった。

ガリア戦役五年目（BC54年）の、ガリア暦「夏の四つめの月」である。

ローマ軍の第一陣が、ブリタニアから、イティウスの港にかえってきたのは、新月の日の翌朝――

「夏の四つめの月の二日」のことであった。

アミアンから、港までカエサルを迎えにでたのは、市長とミルチ先生だけだった。ドニには、エニヤさまのお許しが出なかったのだ。

「今回は大人だけだ、ドニ嬢。」

ローマ軍お留守居役のラビエヌスも、首を縦にはふらなかった。

「うわさは聞いているだろう？　いまは普通の時じゃない。いつ暴動になっても、おかしくないんだ。」

この年――

ガリアは、全土が天候不順にみまわれていた。

――初夏に小麦が実らなかった。秋の大麦も、飼い葉も豆も不作だ。――

留守をあずかるラビエヌスからの至急便で、カエサルはあおざめた。

天気の異常は、この時代においては、飢饉と直結している。

――ガリアでは、平和を保つことが、むずかしくなりつつある。食糧をめぐって、いさかいが反乱にまで発展しても、不思議ではない。――

海にへだてられているとはいえ、風向きや雲のながれは、ブリタニアもガリアとつながっていた。接岸した船が、急な嵐にながされるなど、多少の異変はあった。カエサルも、もしや、とは感じとっていたのだ。

「会議だ。」

カエサルはいった。

「全ガリア部族長は、緊急会議のため、『夏の四つめの月の二十日』すなわち『秋のはじまりの日（秋分の日）』を期して、ベルガエの地、アミアンに勢ぞろいのこと。」

帰港第一陣のうち、真っ先にイティウス港に上陸したのは、援軍としてローマ軍に同行していた、ガリア各部族の騎士たちであった。カエサルからの呼び出し状をもった彼らは、足が浜につくやいなや、それぞれの領地へと、馬にとびのって散っていった。

飢饉の年は、人々は食べ物を森にもとめねばならない。そのために、ガリア人は、人里のそばに森を残し、そこを「御留《おと》め」にしている。アミアンでもそうだ。

『秋分の日』がちかづき、旧ローマ軍冬営地のそばに、腹をすかせた部族長たちが、大勢のお供をひきつれてあつまってくると、市長不在のアミアン市では、大巫女のエニヤさまが、森の解禁を宣言した。

冬営地は、完全には解体されていなかったので、部族長たちはそのそばにキャンプをはっていた。

ついてきているのは、配下の氏族《クラン》の長《おさ》（氏族長《リー》）たちで、彼らもまた自分の家来をしたがえている。会議の場では、声のおおきい者、声を出すものが多い部族が、断然有利だからだ。これらがみな、町の男たちと、きそいあうように森へわけいっていき、狩りをはじめる。

巫女学校の生徒たちは、女たちにまじって、もっぱらキノコやドングリの採集である。ドングリとトチの実は、粉にひいて水にさらせば、クッキーが作れる。団子にまるめて蒸すのもい い。キノコやベリー類は、ゆでて塩や糖蜜につける。

ドニは、エニヤさまのはからいで、外へは出ず、貴族の女の子たちと一緒に、台所仕事に従事していた。

飢饉の年は、森は豊作だ。飢えにそなえ、いつもの何倍もの量を、ジャムやグラッセに加工する。パンハおばさんとカテルだけでは、とてものこと、手がまわらない。

ブリタニア遠征が、ローマがわの勝利におわったことは、ドニもすでに知っていた。

王子マンドブラキウスは、もちろん、無事に領地コルチェスターに帰還し、ローマの承認のもと、めでたく王に即位したというし、彼の父を暗殺した「バッキンガムシャーのカシヴェラヌス」とかいう無法者は、仰々しくも「全ブリタニアの王の王《キングオブキングス》」を名乗ってローマ軍に抵抗したものの、新王に味方する大多数の勢いに押され、秋風がふきはじめるころには、ガリア人のコンミウスを仲立ちに、平身低頭、カエサルに詫びをいれる羽目になった。

最新の知らせによれば、カエサルは、このブリタニアの乱暴者が、にどと、マンドブラキウスとその部族に不正を働かぬようにと、多くの人質と多額の賠償を課し、きついお灸をすえて、解放したのだという。

カエサルにとって幸運だったのは、それを、素朴なブリタニアの人々が、「復讐をとなえるべき王子本人が、それ以上の処罰をのぞまなかったため。」と勝手に解釈してくれたことであった。

ブリタニアは、農耕ではなく、狩りと牧畜でなりたっていた。天候の影響は、ガリアよりも小さく、カエサルは撤退の本当の理由を、彼らにさとられずにすんだのだ。

そして、冬営地が、一部分とはいえ残っていたことも、やはり、彼にとって幸運の一つだった。

カエサルは、かえってくると、まず、ブリタニアからもちかえった食糧（カシヴェラヌスからの分捕り品）を、そこへ盛大にならべたててみせた。

高級な牛の干し肉と、山ほどのチーズ。

カエサルはそれに、ポケットマネーから、イタリア産のワインをつけた。

ワインは、ガリア貴族たちの、大好物のひとつだった。赤ければ赤いほど高級感が増し、それが血のような赤なら、酒壺一個で、屈強な男奴隷一人と交換することもできた。

族長たちは、それを、生《き》のままで、浴びるように飲む。（ローマ人は水割りにするのに。）そして、驚くべきことに、ガリアでは、民族の重大決定は、すべてその飲み食いの場でおこなわれるのだ。

乾杯がくりかえされ、皆がいい気分になりはじめたころ、進行役のアミアン市長が、会議のはじまりを宣言した。

「このたびの凶荒は、南部ほど、その程度が柔らかだ。」

話し合いは、この年のローマ軍冬営地を、どこがひきうけるかで、まず、もめた。

発言しているのは、北部ガリアの雄、レミ族の部族長《キィン》だ。

「それに、われらは昨年、アミアン市を提供したのだから、今年は南部がそれをひきうけるべきだ。」

南部の諸族も黙ってはいない。南部ガリア最大の、ハエドゥイ族部族長《ウェルゴブレトス》ディビチアクスがたちあがった。

「わがハエドゥイ族は、全部族のなかで、もっとも多くの騎士を、援軍として出している。当然、そのことも考慮されるべきだ。」

このような場では、族長たちは、ガリア人の特性――個人主義を、いかんなく発揮する。

ガリア人は、他人と協力するのが、とてもへただ。どんな小さな子供にも、自分の考えというものがあり、容易に人に賛成しない。しかも、しまいにはかならず、弁舌ではなく腕力で、ものごとを解決しようとする。

そもそも、ローマ人なら真っ先に考えはじめる「組織化」ということそのものを、ガリア人は理解しない。同一民族なのに、北部と南部で、「部族長」の呼び方ひとつ、統一できないのだ。

それでもハエドゥイやレミなどの大きな族は、たがいに手加減をしあってはいる。歯に衣《きぬ》きせぬ物言いをするのは、これら大部族の威光をかさにきた、弱小部族の首長たちだ。

「そもそも凶作の原因は何なのだ。北ほどひどいというのはなぜだ。いったい、今年の暦はどうなっているんだ。」

すごんでいるのは、エブロネス族のアンビオリクスである。ローマ軍がくるまで、となりのアドアトチ族の奴隷状態にあった、小さな部族の長だ。若くもあり、当然、このような場に慣れていない。族長たちの目が、いっせいに市長に向いたので、アンビオリクスは勢いをえた。

「市長、あんたがへんな暦を配ったからじゃないのか。」

「ちょっとまってくれ。」

市長が立ち上がった。

「皆も知るとおりだが、暦の決定は、アミアン巫女学校とオルレアン賢者学校の暦学教授が、春の全部族長会議の議決をへておこなうものだ。わたしはそれを頒布しているにすぎん。」

「なんだとこの野郎。言うにことかいて、問題を賢者さまがたのせいにするのか。」

アンビオリクスの周辺も、一斉に立ちあがる。

ローマ元老院では、このようなとき、護民官か議長が止めにはいるのだが、いまは議長自身が喧嘩を買っているので、話にならない。ほかの族長たちは笑いだし、はやしたてるしまつだ。

これは、だめだな。

カエサルは、連中にわからないように、そっとためいきをついた。

この緊急会議の重要性について、理解できているのは、狩人でも農民でもないアミアン市長ぐらいのものだ。その市長でさえ、酒のいきおいにのまれてしまっている。

族長たちは自分の部族の都合にしか興味がない。ここで、結束してカエサルと交渉すれば、なんとかなるかもしれないというのに、一人としてそれを理解しようとしていない。

「わかった、諸君。」

属州総督の、緋色のマントが動くのをみて、ガリア人たちは、それでも、自制心をはたらかせたようだ。カエサルはたちあがった。

「お集まりの北部部族長《キィン》、南部部族長《ウェルゴブレトス》、そしてそのほかの氏族長諸君《リー》は、それぞれの負担が、応分で、平等であれば満足なのだな？」

ハエドゥイの部族長ディビチアクスが、おおきくうなづいて、そのとおりだというと、カエサルは言った。

「では、こういうのはどうだろう。たがいに、余剰分を融通しあうのだ。食糧に余裕のある南部は、北部にそれを供給する。そのうけとった分だけ、北部は、ローマ軍にべつなかたちで協力する。」

分散冬営。

カエサルの提案は、それだった。

「諸君が、わが共和国軍の冬営をひきうけたくないのは、単に、数の問題であると、わたしは理解している。しかしわが軍が完全撤退したばあい、ライン河のむこうの敵——ゲルマン人が、またぞろ力をもりかえすのは、わかりきったことだ。——だから、諸君、ここは協力だ。南部は穀物と貯蓄食糧を、北部は土地を、そして、わが軍は全ガリアへの友好のあかしとして、このひと冬にかぎり、分散して冬営することに同意する。」

メリプロスがそれをガリア語に通訳すると、ハエドゥイ、レミの両部族長が、たがいに目をあわせてうなづきをかわしはじめる。

どうやらまとまりそうだ。ほっとしながら、カエサルはつづけた。

「本営はここアミアンに置き、全八個軍団を、北部ガリアに、一個軍団ずつ分営させる。知ってのとおり、一個軍団は六千人だから、それぞれの負担はかなり小さくなる。どうだろう。もし万が一の場合を——来年の春先にゲルマンが来襲した場合を考慮すれば、これがもっとも現実的な案だとおもうが。」


クイントス・キケロは、ライン河のすぐそば——マース川支流の、「ネルヴィー族の地」に、いくことになった。

対ゲルマンの、最前線である。この付近には、とくに手厚く、三軍団が配置される。

いちばん北の、「エブロネス族の地」には、サビヌスとコッタの軍団に、色をつけて九千。そのすこし南に、キケロ軍団。最も南の、モーゼル川にちかい「レミ族の地」には、カエサルの右腕、首席軍団長のラビエヌス。

この、危険な地域に、キケロは、みずから志願しておもむくのである。

ミルチ先生が、編み物をしている。それも、ふだんは軽んじているカルマンドア先生に、わざわざ模様編みを習っているときいて、ドニはわるい予感がしていた。

光沢のある上等なイラクサの編み糸で、先生が編んでいるのは、一番簡単な、胴巻きだ。初心者同然なのに、とてもいそいで編みあげなくてはならないとなれば、ほかに選択肢はない。ご自宅に呼ばれ、出来上がり寸前のそれをみたとき、ドニは、予感が的中したのをさとった。

「キケロさまが、あさって、ネルヴィー族の地へむかわれます。」

最後の編み目の始末をしながら、先生は、あくまでもさりげなく言った。

「あなたに会いたいとおっしゃっているのですが。」

嘘ばっかり。

キケロのほうが会いたいのなら、このまえのように、パンハおばさんの台所に顔を出すだろう。

先生は言った。

「わたしも明日、カエサルに会いにゆかねばなりません。彼が、また南の属州へ行ってしまうまえに、話さねばならぬことが――。」

「先生。」

ドニはさえぎった。

「わたしが今、あの冬営地へ行きたくないと言ったら、理由はおわかりですよね。」

「トレヴェリ騎兵、ですか。」

ミルチ先生は、情け容赦なく言い放ち、手仕事から顔をあげた。

「逃げ隠れとは、あなたらしくありませんね。」

その目が、まじめな光にみちているのをみて、ドニはたじろいだ。

トレヴェリ族は、ハエドゥイやレミにつぐ大部族でありながら、春につづいて、今回の会議も欠席している。部族が二つに割れているためだ。

これまでのしがらみから、敵ゲルマンとつながっている人々は、各部族に少しずついた。この春のブリタニア遠征のとき、参加をいやがったあげくのはてに、討伐されてしまったというハエドゥイ族のドムノリクスなど、いい例だ。そのなかで、いま、もっとも「親ゲルマン度」の高い（＝反ローマ度も高い）、といえば、このトレヴェリ族の「インドテオマルス氏族」とよばれる人々であった。

キケロやラビエヌスたち三軍団の任務には、この氏族長（族長《リー》）のインドテオマルスと、その族長たちをまとめる立場の、部族長（上王《キン》）キンゲトリクスとの反目が、大混乱のすえにゲルマンを呼び寄せたりしないよう、三方からとりかこんで警戒する、というのもふくまれている。

「逃げ隠れではありません。」

ドニはこたえた。

「みずから危険に飛び込むのは、おろかもののすることだからです。」

危険部族であるから、カエサルのほうでも警戒はおこたりない。キンゲトリクスが、強力な親ローマ派であるために、なんとか大がかりな討伐はせずにすんでいるものの、用心に用心をかさねて、ブリタニア遠征のときには、事前にみずからこの部族の土地におもむき、ほかの部族より多くの人質を出させている。

で、カエサルはこの人質たちを、他部族の人質と同様に、一人残らず武装させて、騎兵としてブリタニアへつれていき、兵力とした。遠征がおわったいま、トレヴェリ以外の人質は、あつまってきた族長たちと再会し、めでたく、いっしょにそれぞれの領地へ帰っていったのであるが——。

そう、トレヴェリ族の騎兵だけが、まだアミアンにいるのである。誰にもむかえにきてもらえず、二百騎のうち、会議招集の使いに出した一人をのぞく残り百九十九騎が、そのままアミアンに留め置かれているのだ。

ミルチ先生は言った。

「聞くところによれば、みなさまよいお働きだったそうですけれど。ことに族長インドテオマルスのご子息というかたは——」

「それは別な話です、先生。」

ドニはふたたびさえぎった。その男の名も顔も、ドニはよく知っていたからだ。

シグルド！　インドテオマルスの子シグルド、いやな名前！　先生の前でなかったら、その名前そのものを、あしもとの地面にたたきつけて、めちゃくちゃにふんづけてやりたい。シグルド！　ガリア人にあるまじき名前。ゲルマン風の名前だ。

「わたしは参りません、先生。どうかお一人でいらしてください。カエサルに会いに。」

最後の捨て台詞は、やめておいたほうがよかったかもしれない。だが、いわなければ、ドニの腹の虫がおさまらなかった。紋章入りのりっぱなドアを乱暴にしめ、夕方の小道に出ると、もう我慢ができなかった。

みんな、自分のことしか考えてない。カエサルも、ミルチ先生も、エニヤさまだってそう。みんな、子供は大人の言う通りに動くものだと思っている。子供の優しい心に、大きすぎる期待をかけて、そのうえにあぐらをかいているのだ。

ドニはかけだした。寄宿舎のじぶんの部屋にかえりつくと、ベッドにとびこんで、大声で泣きはじめた。子供でいるかぎり、なにひとつ、思い通りになんかならないのだ。なさけなくて、しかたがなかった。

翌朝——

それでもやはり、ドニはミルチ先生といっしょに、冬営地へむかうことになった。

あのあと、同室の高年生やら、寮長やら、果ては舎監のパリシア先生までもが、入れ替わり立ち替わり、まるきり見当ちがいな、なぐさめの言葉をかけにやってきて、それをきいているうちに、ドニは出る涙もひっこんでしまった。みんな気楽ね、と笑いたい気持ちになり、そうだ、会いたくないものには、会わずにすむように、ローマ人たちに配慮してもらえばいいのだと思いなおした。

夜あまりおそくならないうちにミルチ先生にあやまりにいくと、先生もほっとなさったようで、ドニの申し出についてはローマ側でも配慮するだろうと言ってくれた。

ドニは、パンハおばさんのお弁当のかごを持っていた。四人分の朝ごはんだ。ドニはそれを、ミルチ先生が、カエサルとクイントスに食べさせたいのだと思っていた。

いまは空き家の「マンドブラキウスの家」には、メリプロスがいて、台所兼用の暖炉に、火をいれていた。ドニはお弁当のかごを彼にわたし、窓際の食卓に、いつものように腰かけた。

クイントス・キケロがきた。

「カエサルはもうすぐ来る。」

いそいだ様子で、彼は言った。

「二人に言っておかないといけないことがあるんだ。――ゆうべ、ローマから知らせがきた。カエサルの、一人娘と実の母上が、亡くなられたという知らせだ。」

ドニとミルチ先生は顔をみあわせた。クイントスはつづけた。道をわたって、向かいの司令部から、カエサルがやって来るのがみえる。

「くわしいことはよくわからない。わたしも、同じ便できた兄からの手紙で知ったばかりなんだ。――彼もかなり動揺してる。」

「無理もないことです。男のかたにとって、血をわけた娘と母は特別ですもの。」

ミルチ先生は嘆息し、さりげなく、じぶんがもってきた「プレゼント」を、クイントスにおしつける。

「おくやみを言ったほうがいいでしょうか。」

いる。

窓からみえるカエサルは、ふだんとあまりかわりなくみえる。行きかうひとが、みな彼に挨拶している。

「いや、それはまだ――。」

「でも、気をつかってほしい。彼にもまだ、実感みたいなものがないんだと思う。」

胴巻きのつつみを、クイントスもさりげなくうけとった。

ドアがあいた。

「――逢引きかね。」

キケロとミルチ先生の様子をみた、カエサルの第一声がそれだった。

「ええ、カエサル。お願いしておいた書物をいただきに。」

巻き物入りにしてはふわふわした包みを、キケロはそっとトーガのひだのあいだに取り込んだ。

「いま失礼するところです。」

ミルチ先生はおどろき、彼とカエサルを交互にみた。ドニもおどろいた。お弁当は四人分だ。

だが、先生は、未練がましくあれこれ言ったりはしなかった。さっとお弁当のかごから、れいの焦がし麦牛乳の水筒を抜きだした。

「ではキケロさま、これもお持ちください。パンハさんがあなたにと用意してくれましたので。」

水筒をうけわたすとき、二人のあいだに、なにか甘いやさしい空気がながれたのをドニは感じたが、ドニは二人をそれ以上は見なかった。じろじろ見ては失礼だと思ったし、なによりカエサルのほうが気になった。

クイントス・キケロがでていってしまうと、カエサルはいつもとかわらぬ快活さでお弁当のかごにちかづいてきた。

「さあさあ、開けてくださいミルチ先生。王子には――いや、マンドブラキウス王には、さんざんこのお弁当のことをきかされていたのですから。」

その様子が、まるで以前の「酔っ払ったクイントスさん」そっくりに見え、ドニはまたいやな予感にとらわれた。ミルチ先生が言った。

「そのまえに、カエサル、お願いが――。」

いうことをきいてもらうには、最初におあずけを食わすのが一番、と先生は思ったようだった。

「ドニが、おてもとのトレヴェリ族騎兵たちと、顔をあわせずにすむように、配慮をお願いしたいのです。くわしいことはこれからお話ししますが、この子はあの人たちに命をねらわれるおそれがあるものですから。」

カエサルは、すると、黙りこんで、黒い短い髪の毛に、手をつっこんだ。

「それは困ったな――。」

カエサルの、妙にあかるい目が、先生を見、それからドニのほうをむいた。

「ディオニュサ・キンガ・トレヴェリカ姫。わたしは今日、その彼らに、きみと会ってもらいたいと思っていたんだ。」

ドニは絶句した。

カエサルが、ドニの正式な名前を知っていたのだけでも驚きだった。

「会ってもらいたい、ですって？」

ドニは、カエサルの言葉をくりかえした。いまさっきキケロが言ったことが、ちらりと頭をかすめはしたが、「ここでものわかりのよいふりをしては、絶対にいけない」と、とっさに思ってしまった。

「わたしがどうして、インドテオマルス大叔父さんの一族に会わなければならないんですか。」

「会って話せばわかる人たちだからだよ。それにシグルド・トレヴェリクはきみの婚約者だそうじゃないか。」

かあっと、頭に血がのぼってきた。自分がどういう顔をしているかさえ、ドニはわからなくなった。

カエサルはさらに言った。

「だましうちみたいになって、もうしわけないとは思っているよ。でも聞いてくれ。こうしなければ、きみは彼らに決して会わないだろう？　悪い連中ではない。きみに危害をくわえたりしないことは、このカエサルが保証する。彼らはブリタニアでもじつによく働いてくれた。」

「働いて？　は？　働いて、ですって？」

ドニは、どん、と足踏みした。いままでずっと、せきとめていたものが、滝の水のようにあふれだした。

「いい？　ローマの総督さん。わたしとシグルドはね、父どうしが不倶戴天の敵なのよ。くわしいこともこまかいことも、これまでのいきさつだって、あなたはなんにも知らないんでしょう？　ただ、あいつらの示した、にせの忠誠に、褒美をやりたいだけなんでしょう？　関係ないことに首をつっこまないで！」

「部族の和解のためでも？」

カエサルは食い下がってきた。

「シグルドは、きみと和解したいと言っているんだよ。」

「聞こえないっ、聞こえないーーっ、聞こえないいいいいいーーーッ！」

ドニはカエサルをおしのけ、出口に突進した。ばたん、といきおいよくドアを開け放つと、人が立っていた。

そばかすだらけの顔、長くて真っ赤な髪、ローマ人でないしるしに、援軍騎兵の短いチュニックとズボンの制服に、肩先だけをおおうみじかいマント――。

「やあ、――ドニ――。」

「そこをどいて。」

相手の名前さえよばず、ドニは叫んだ。

「どきなさい、トレヴェリの男よ。部族の『上王の娘《バン・コアルバ》』が、そう命じます。」

「カエサル！」

ミルチ先生は、飛びだしていってしまった教え子を、追いかけようとしながら、ふりむいて彼に言った。

「あんまりですわ。ドニの身にもなってくださらないと。」

「行かないでミルチどの。」

キケロが、問題のシグルドを押しこむようにしながら、一緒に部屋へ入ってきた。

「遠くには行けないから大丈夫。営門のところで歩哨が止めてくれるはずだ。こちらだってドニの心配には配慮しているんだ。トレヴェリ騎兵団は、自発的に自分たちの区画にとじこもっているし。」

長いまっすぐな赤毛を、無造作にうしろでたばねたシグルド・トレヴェリクは、もうしわけなさそうに下をむいて、まるで自分ひとりに非があるかのように、あやまりはじめた。

青年ではあるが、「若者」といえるほどではない。ドニの倍ぐらいの年だろう。軍団内でいえば、そう、去年の演劇で、「ヘギオ」をやった、あのマルクス・クラッスス（太っちょクラッスス）より少し上――三十代の半ばぐらいにみえる。

「いいんだシグルド。きみのせいじゃない。わたしが急ぎすぎたんだ。」

カエサルが、いつもの調子でシグルドの肩をたたいてやり、それから、ためいきをついた。

「でも、困ったな。――わたしにも、あまり時間が――。」

「カエサル。」

キケロが言った。

「ここは、ミルチどのにお願いするのが一番ではありませんか。」

「わたし?」

「ああ、お願いします、徳高き巫女、力ある女ドルイド、アミアン巫女学校の副校長どの。」

シグルドが、泣き出しそうな顔で、ひざまづいた。

「彼女はおおきな誤解をしている。わたしはただ、それをといて、わたしの氏族《クラン》が彼女にたいしてはたらいた無礼について、許しを乞いたいだけなのです。」

「——その誤解とはなんです。」

巫女学校副校長は、ひくい声で問うた。

「人には許せることとそうでないことがあるのですよ。」

カエサルに、知らせがきた。

「ドニは第十四軍団にいるそうだ。」

カエサルは言った。

「軍団長のサビヌスがとおりかかって、保護してくれたようだよ。——さてどうしよう。わたしとしては、ドニ姫に、彼女の父キンゲトリクスとこのシグルドの間を、とりもってもらえると、とても助かるんだが。」

「カエサル。」

巫女ミルチは、言った。

「これはとても込み入ったことがらです。キケロさまのお顔をたててお引き受けはいたしますが、成否のほどは保証いたしかねます。」

それから、世にもなさけない様子の、そばかす顔の青年を、彼女は見下ろした。

「このかたがたに何をどう弁解したかは知りません。でも、あなたのような卑怯者を、あのドニが、そう簡単に許すとおもいますか。恥をしりなさい。」

シグルドはうめき声をあげ、顔をおおってうずくまってしまった。

II

このできごとは、その日のうちに、アミアン冬営地に、うわさとしてひろまった。

第十四軍団のサビヌスとコッタが、自分たちも出発をひかえていそがしいというのに、辛抱づよく、ドニをなだめながら事情を聞きとり、そのなかみを、みんなが知りたがったのだ。

うわさの要点は、だいたいつぎの四つだった。
①ドニとシグルドは、以前は、親どうしがきめた婚約者どうしだったらしい。
②シグルドは、じぶんの父親インドテオマルスの命令で、ドニを殺そうとしたらしい。
③それでドニの父親は、ドニを守るために、アミアン巫女学校に、ドニを隠したらしい。
④それを、カエサルがほじくりかえして、よせばいいのに二人をはち合わせさせてしまったらしい。
いきさつをきいた軍団兵たちは、もちろん、みなドニの味方だった。

カエサルはひどい。ドニがにげだすのも当たり前だ。それにしても、あのシグルドがそんなやつだったとは知らなかった。

第十軍団などのベテランぞろいの軍団では、話もこれくらいですんだのだが、第十三、第十四軍団のような、若い兵たちのあいだでは、そうはいかない。

ことに、じっさいに、トレヴェリの地のすぐちかくを割り当てられた第十四軍団では、青い顔で帰っていったドニの姿を見ていることもあって、さらにエスカレートした。

トレヴェリ族はやっぱり信用できない。あの可愛いドニを殺そうとするようなあぶない奴は、追い出すか、殺すかしてしまったほうがいい。いや、それよりも、トレヴェリ族そのものを討伐したほうが、てっとり早いのではないか？

「だが、シグルド自身は、『誤解だ』といっているのだろう？」

翌朝には、任地の「レミ族の地」へ向かわねばならないというのに、ラビエヌスは首席軍団長として、それをしずめるという、余分な仕事をせおいこむことになった。

「それに彼は謝りたいと言ってる。たとえ、みずから手を下そうとしたのだとしても、彼はいまそれを悔いているんじゃないのか？」

ラビエヌスは、シグルドを擁護した。

「シグルドとトレヴェリの騎兵団が、ブリタニアでどんな働きをしたか、思い出してみるといい。あまり責めるのも、気の毒だとはおもわないか。」

ここで、時間切れだった。ラビエヌスは第十軍団をひきいて出発していき、つづいてキケロが第八軍団と、サビヌスとコッタが問題の第十四軍団とともに出て行ってしまうと、これ以上の混乱をさけるのと、身の置き所をなくしたシグルドたちのために、カエサルは、「全軍団がそれぞれの冬営地で、無事に冬営をはじめるまで、今年はラヴェンナの役所へ戻るのを延期する。」と発表しなくてはならなくなった。

冬営地にはまだ、次席軍団長ファビウスはじめ、トレボニウス、ロスキウス、プランクスの四人の軍団長とその軍団、それに、総督づき会計官でありながら、とくべつに一軍団をまかされた「太っちょクラッスス」など、つごう五軍団が残っている。彼らは、このアミアン近辺で分営するときまっていた。

気づまりな空気のなか、ドニもまた学校内に居場所をなくしていた。半月ほどして、カエサルからは、再度、シグルドと面会してほしいという申し出があったが、ドニはにべもなかった。

――だいたい、カエサル閣下はいま喪中でいらっしゃるんですよね。――

困惑を顔いっぱいにあらわしたミルチ先生をまえに、ドニは言い放った。

――ガリアの田舎部族の、こんなつまらない氏族長《リー》どうしのいさかいに口出しするひまがあったら、はやくローマへお帰りになって、娘さんとお母さまに、立派なお葬式を出してあげるのが、先なんじゃないんですか？――

「ドニは、エニヤさまのいおりにいます。」

返事は、手紙としてカエサルにとどけられた。もってきたのは、ほかでもないミルチ先生だったが、その手紙は、彼女の厳命のもと、いやいやながらに書かれたものだと、字づらがものがたっている。

「お身まわりのお世話をしたり、薬草づかいのお手伝いをしたり――。婚約者がいると知れわたった子を、みなといっしょにはしておけないものですから。」

「またずいぶんと嫌われたものだね、元婚約者くん。」

カエサルはためいきをつき、シグルドをふりかえった。

シグルドとその部下トレヴェリ騎兵団は、トレボニウス軍団の中に、かくまわれていた。カエサルが、自分づきの会計官クラッススではなく、彼をこのアミアンに残すときめたからだ。軍団兵から「ドニの敵」とにらまれていては、この人々はとても単独では歩きまわれない。

「もうしわけありません、カエサル。」

シグルドは下げた頭をあげることができない。

「ほんとうにもうしわけありません。」

その様子を気の毒そうにみて、カエサルはミルチ先生にいった。

「見込みはないのかね、先生。この青年に、ほんのちょっとでも、望みを持たせてやれないものかな。」

「希望になるかどうか、わかりませんが――。」

ミルチ先生は言った。

「ドニがかたくななのは、殺されかけたからとか、シグルドを好きとか嫌いとか、そういう次元の話ではないということですわ。」

ガリアの部族のしくみについて、ミルチ先生は話しだした。

「ドニが命をねらわれるのは、あの子が『上王の娘《バン・コアルバ》』――部族長である『上王《キイン》』の娘――『女相続人』だからです。あの子がいきているかぎり、あたらしくうまれた男の赤ん坊が、『上王の世継ぎ』になれないからです。」

ガリアでは、族長《リー》や上王《キイン》（南部の部族長「ウェルゴブレトス」をふくむ。意味は「法執行官」というらしい。）の家に男子が生まれないばあい、娘の一人を女相続人に指名して、その結婚相手を、合法的な後継ぎとすることができる。

「だから――、誤解だとなんどもいっているんです。」

シグルドが、顔をおおって天をあおいだ。

「彼女を、どうして僕が殺そうとしたりするのか、そんなことはありえないって、どうしてわかってもらえないのかわからない。」

「それは本当？」

ミルチ先生は自分の生徒を守ろうとする。

「あなたが危険だとは、もういいませんが、あなたの部下たち――トレヴェリ騎兵団に、ほんとうにドニをねらうくせものがいないか、あなたは保証できるのですか。」

シグルドは絶句し、カエサルに泣きついた。

「どうかお助けくださいカエサル。僕ら二百人の、ブリタニアでの働きに免じて。なんとか言ってくれませんか。」

「きみはドニの『婚約者』なのだよね、シグルド。」

「そうですとも。だまっていても王になれる、『バン・コアルバの婚約者』ですよ。」

元婚約者はしゃべりだした。それはガリア語がほうぼうでまざって、とてもききとりにくかったが、とりあえず、その場の全員が、どうにか理解できるていどのラテン語だった。

「昔、父のインドテオマルスが、じぶんの権力のために、十八だった僕を、生まれてすぐに母をなくしたドニのところへ送りこんだんです。ドニはまだこんな——片手で持てるような赤ちゃんでしたよ。はじめて立つところも、歩くところも、僕はみました。歯がはえだしたころなんか、僕をみて笑ってくれて。——もう、かわいくてね。五歳ころだったかな、僕のとってきた子リスを、それは大事に育ててくれたり。ところが父は、僕がすっかり上王《キィン》に気に入られてしまったものだから、僕ではもう人質の用をなさないとかなんとかうまいことをいって、じぶんの後妻がうんだ娘を、上王の嫁に——。」

「お父上の奥方のうんだ娘——。」

カエサルがさえぎってくりかえした。

「君の妹だろう?」

「妹!」

シグルドははきすてた。

「ガリアのすべての神々にちかって、あんな女、いっぺんだって妹だなんて思ったことはありませんよ。あいつの母親は、僕の母を追い出して妻の座におさまった、手に負えない女狐なんですから。——それにあいつは父に輪をかけたような陰謀好きで、母親よりもっと欲がふかくて。——ああ、まさか子供が、それも男の子がうまれるなんて——。」

「それはそれは——。」

お気の毒に、と、ミルチ先生は鼻白んだようにいった。

「あなたがドニを愛しているのはよくわかりました。でも、だからこそ彼女の傷が深いのだということを、あなたは理解すべきですよ。」

「だから——。」

青年は泣き出した。ガリアにおいては、涙を流すことも泣きわめくことも、雄たけびをあげるのと同じくらい「男らしい」ことなのであった。

「だから、殺そうとなんてしてないって、言っているのに！」

エニヤさまのいおりのそばには、この春うえられて根付いたローズマリの苗が、よほどその場所が気に入ったとみえて、はやくも藪をつくりはじめていた。となりには、セージが、やはり冬ごしのための葉をしげらせている。

「ドニ。」

だいじな薬草が、雪でつぶれてしまわないよう、支柱と覆いをつくっていたドニは、お呼びの声に、いそいで中へはいった。

自然の洞窟をそのまま使っているこのいおりには、ドアがない。中と外を仕切っているのは、ローマ軍冬営地のような、厚く織られた、数枚の毛織物だけだ。

「ご用でしょうか、大巫女さま。」

エニヤさまは、おおきな掛け軸を、壁にうちこまれた鉄のくさびに、かけようとしていた。さっき、ピリドクス先生がもってきた、「月」とだけ表題のついた、巨大な巻物だ。

「きをつけて。古い巻物ですから。破らないように――。」

ゆっくりと、下にむかって繰りひろげながら、ドニは首をかしげて、図面にみいった。

表題「月」。

そのとおり、月だらけだ。小型の月が、数え切れないくらい、いくつも描かれている。三日月、半月、お十夜、十二夜、そして満月。ドニの背丈よりも高くて長い画面いっぱいに、びっしりと列になって描かれている。

どの列も、型でぬいたように、六つずつ。でも、毎日観測しているわけではなさそうだ。それなら、数は二十九個ずつあるはずだからだ。

それに――。

さらにおかしなことがある。

この「月の図」には、「十五夜よりあと」つまり「下弦の月」がひとつもない。三日月はすべて三日めの月で、逆《さか》さ三日月――二十七日くらいの月がない。

これは、何？　なんのための絵図？

「この学校に、初代の大巫女から、ずっとつたわってきたものです。代々の暦学教師が、大巫女がたに捧げまいらせたものを、つぎあわせたものです。」

一番下までひろげおわると、エニヤさまは、そのすその部分を、書き物机の上にのせた。

「ピリドクス先生のご筆跡は、このあたりからですね。――ごらんなさいドニ。不思議なことがおこっていますよ。ちょっとみると、『日付が逆戻って』いるようにみえませんか。」

本当だ――。

いわれるまで、気がつかなかった。そのとおりだ。六つずつの「月」の羅列は、十五日めの「満月」を先頭に、「三日めの三日月」まで。本当だ。これだと、たしかに、『日付が逆戻って』いるようにみえる。

「これが、『月とすばる』の、もとになった図面です。」

エニヤさまは、いつもの、おちついたアルトで、こうたずねられた。

「あなたが、『月とすばる』をラテン語でおぼえているというのは、本当？」

「はいエニヤさま。」

おもいがけないおたずねに、うれしくなってドニは鼻をそびやかした。ひと冬を、姉弟のようにしてすごした、マンドブラキウス王子との、思い出の詩だ。

「ラテン語訳は、かのクイントス・キケロさまです。」

「――では聞かせてください。」

ゆっくりと、ドニはとなえはじめた。エニヤさまは、いすにお座りになり、図面をみながら、それにききいった。

――アナ女神さまの左目で、
月とすばるが出会った。――

やっぱり、この詩は素敵。ラテン語になっても、それは変わらない。クイントスさんて、ほんとに立派な文学者だわ。

母音のおおい、まるい響きが、もとのガリア語よりも、中身にあっているようにさえ思える。しかも、内容や意味は、まったくそこなわれていない。これはすごいことだ。

ドニのラテン語暗誦をききながら、エニヤさまは、じっと、お行儀よくならんだ、たくさんの月を見ておられた。やがて、そのお顔から、ほほえみがきえていくのに、ドニはきがついた。

「――あの、エニヤさま――。」

四連すべてをとなえおわり、ドニは、いまや深刻そのもののご様子のエニヤさまに、おずおずと声をかけた。エニヤさまは掛け軸から目をお離しにならなかった。六つでひとそろいの、逆並びのたくさんの月たちを、こわい目で、じっとみていた。

「右の目のすばるは、太った五日月《いつかづき》の友だち——。」

エニヤさまは、ガリア語で、つぶやかれた。そして、突然、まったく、なんの関係もなさそうなことがらを、口にされたのだ。

「この飢饉は——。やはり、この飢饉は、だれか、仕組んだものがいるようですね——。」

飢饉？

飢饉を仕組んだ？

わけがわからず、ドニはエニヤさまの横顔を、うかがいみた。

エニヤさまは言った。

「ドニ、お使いにいってくれますか。」

「はいエニヤさま。どちらへ。」

「ローマ軍冬営地へ。」

「——。」

だまりこんだドニに、大巫女はつよい口調で言った。

「おねがいします、ドニ。ミルチ先生があちらに行っていては、ラテン語ができて冬営地まで急いで行けるのはあなたしかいません。——いまからわたしのいうことを、ラテン語でおぼえて、カエサルにつたえてほしいのです。カエサルが南へいってしまうまえに、善後策をはなしあわなければ。事は急を要します。」

さよう——

ドニのあずかりしらない大きな黒雲が、このとき、アミアンと北部ガリアを、覆いつつあった。それはまず、シャルトルの「カルテヌス族の地」ではじまり、親ローマ派の、タスゲティウスという上王が、部族内の政敵に殺されるという事件に発展した。

シャルトルは、毎年恒例の「春の全部族長会議」のひらかれる場所でもあり、アミアンにも近い。心配したカエサルは、アミアン近くの「ベロヴァキ族の地」で冬営をはじめていた、軍団長プランクスに、ただちにシャルトルへ移動し、あらたにそこで冬営するようにという命令をだした。

事件をとりしらべたプランクスは、「タスゲティウスが殺されたのは、ブリタニアで手柄をたてた彼の、ローマ軍の威を借《か》る粗暴なふるまいが原因であり、殺人者もすでに部族法による裁きに服している。あたらしい上王も親ローマで、心配するほどのことはなにもない。」と報告してきた。

そう、それは、表面上は、それ以上のことはなにもおこらずに、おわったかにみえた。プランクスが悪いのではない。シャルトル事件の原因は、じつはもっと前にあった。経験があさく、ガリア人といえば白い筋肉のかたまりとしか思っていないプランクスに、それに気付けというのが、無理だったのだ。

——ガリア属州総督閣下へ——

アミアンの大巫女からの伝言は、すぐにカエサルのもとにとどけられた。

——明日夕刻は満月の夜、万障さしくりあわせて、わがいおりへおいでください。今わがアミアンと、貴軍にせまる危機について、ご相談したいことがあります。——

カエサルは来た。

ローマの暦で十二月二十六日——新年まで、あと三日をのこすのみという、あわただしい日の夕方だった。

カエサルは、当然のように、シグルドをお供にくわえていた。この、インドテオマルスの息子については、クイントス・キケロがとても心配していて、くれぐれもと言い置いていったからだ。

いおりには、ドニがひとりで待っていた。

見習い巫女は、シグルドの顔をみると、あからさまにいやそうな顔をしたが、それでも、このまえのような、礼を失した態度はとらなかった。ドニは、カエサルにひとつお辞儀をした。

「日没と月の出が迫っていますので、大巫女さまは先に天文所へむかわれました。わたしが、カエサルさまをご案内するように、仰せつかっております。」

前日、伝言をもってやってきたドニに、カエサルは、ミルチ先生に託そうとおもっていた手紙を、直接にてわたした。

――ドニ。もう一回だけ、シグルドと会ってやってほしい。全軍団も冬営先におちついたし、これで「仲直り」ができなかったら、わたしもあきらめて、南へ旅立つことにする。その場合は、シグルドたちトレヴェリ騎兵は、まとめてイティウス港の要塞に移してしまうので、もうきみを悩ませることはない。――

イティウスの要塞というのは、今回ブリタニアからつれてきた捕虜と人質を、いっとき、あつめておいた場所だ。

天文所は、学校の外の、吹きさらしの丘の上だった。きれいに木が切り倒され、見晴らしがよく、カエサルもさいしょこの場所に冬営地を作ろうとしたのを、断られたところだった。

暗くなってきた。太陽は、とっくにしずんでいる。丘には低い草しか生えていないので、頂上までの道はまる見えだ。中腹に、うごめくように先をすすむ人々の姿が、みえはじめた。

「どうやら、追いついたようだね。」

カエサルが言うと、ドニはふりかえってうなづく。――そして、シグルドとも目があったのだろう。またふくれかえってそっぽをむいてしまう。

このようすでは、この偶然のような出会いを、「一回」とかぞえるつもりなのは、あきらかだ。

シグルドは、剣といわずマントの留め具といわず、とがったものはすべて自発的にとりはずして、カエサルにしたがってきていた。制服の短いマントはみっともなく皺になり、肩からずりおちそうになっている。

この、まじめな気づかいに、ドニが気づいてくれればいいのだが――。

「木星《タラニス》がのぼってきました。」

ドニは言った。

「いそぎましょう。もうすぐ薄明がおわります。」


天文所につくと、月はすでにのぼっていた。うすむらさきから藍色になりはじめた東の地平上に、白い鏡のように、満月がうかんでいる。

本当なら、夜通し空をみていなくてはいけない当番学生たちは、ひとりのこらず、遠ざけられていた。待っていたのは、エニヤさまと、老ピリドクス先生のお二人だけだ。

丘は、南にむかって、ひらけていた。左手には御留めの森、右にはアミアンの町。正面には、どこまでもつづく畑と牧草地がひろがっている。

エニヤさまが言った。

「秋のはじまりを知ることは、わたしたちガリア人には大切なことです。なぜならそれは、春のはじまりを知ることだからです。――ピリドクス先生によれば、ローマ人とギリシャ人は、それを太陽の運行で知るそうですが？」

「さよう。」

カエサルは言った。

「『秋分』と『春分』ですね、大巫女どの。」

「ええ。——もちろん、ガリアにも、その『秋のはじまりの日』と『春のはじまりの日』について、知識はあります。でもここでは、とくに春は、曇りがちのうえに大地のへりに靄《もや》やかすみがかかり、昼間の太陽の運行や、日の出日の入りの観測は、非常に困難なのです。」

「それは、ローマでも同じです。」

カエサルはちょっと得意そうに言った。

「それゆえ、共和国では、建国以来ずっと、数学による計算で、季節の予測や暦の決定をしているのですが——。」

「わがガリアでは、観測です。たった一度のわずかなまちがいが、ここでは命とりになりますから。」

薄明がおわる。木星がかがやきを増す。

「ごらんください、『月とすばる』を。あれがわたしたちの、『季節のしるべ』です。」

いわれて、ドニも、星空をみあげた。そして、息をのんでかたまってしまった。

満月のすぐ左手、闇にそまりはじめた空の一点に、あおく小さな粒のかたまりが、ぴかりとするどい光をはなっている。

なに、これ。あの星は、「すばる」よね。満月とすばる——って、えっ？　あの「詩」とそっくり！

おどろいているのは、カエサルも同じだった。属州総督は、感嘆の声をあげ、祈りでもささげるかのように一歩ふみだした。

「アナ女神さまの左目で、月とすばるが出会った——。」

カエサルは暗誦した。よどみないラテン語だった。

——アナ女神さまの左目で、
月とすばるが出会った。
左目のすばるは、
まるい月の友だち。
赤いななかまどの実が、
これをアナさまにすすめたが、
残念。
アナさまはこれを
お取りにならなかった。——

「ブリタニアで、いつもキケロが口ずさんでいたのですが——。この詩にこんな意味があったとは——。」

だが、エニヤさまは言った。

「お話というのは、ここからです、カエサル。——ピリドクス先生から、申し上げることがあります。」

老先生が、すすみでた。

「ええ、太陽《ベレニス》が、つまり、ギリシャ語でいう『アポロン』が、一年で、夜空の十二の星座をひとめぐりするというのは、総督どのもご存じのとおりでありますが——。」

老暦学者の口調は、授業のときとそっくりだった。

「では太陽が今現在どの星座にあるか、というのをいかにみきわめるかという問題になりますと、太陽はいかにも明るすぎるのであります。その観測は、大地に接する一瞬をとらえねばならず、そのためになにより知らねばならぬのは、正しい方位であります。そのために、北の空にはつねにうごかない『北の目当て星』というものがあるのでありますが——。」

「あの、先生——。」

エニヤさまが遠慮がちに言葉をはさんだ。

「先生、どうぞ、手短かに。」

老先生は、むううと唸り、だまりこんだ。たしかに、話があるならいそいだほうがいい。日がおちてしまった丘の上は、急速に寒くなりはじめた。カエサルがいった。

「大巫女どの、わたしが話しましょう。」ピリドクスどのは、もしまちがっていたら、そこでとめてください。」

それは、じつにいいアイデアだった。

「月の観測には、それが星と一緒に一晩中見えつづけることと、また、雲間からわずかに見えるだけでもその用をなすというふたつの利点がある。太陽とちがい、痩せたり太ったりしながら、ほぼ一ヶ月で夜空を一巡してくれるというのも、はっきりしていて都合がいい。さっきの詩――『月とすばる』は、つまり、月が夜空をひとめぐりして、すばるにかえってくるまでの、周期のようなものをあらわしているのでは？」

「おお、なんという理解力！」

老先生は感嘆の声をあげた。

「すばらしいですぞ総督どの。あなたを戦士にしておくとは、ローマはなんともったいないことをするものかな。いまからでも、名高い大賢者になるだろうに。」

カエサルはわらってかぶりをふった。

「むかしロードスでみた、古いオリエントの天文書を思い出しただけです。――ピリドクスどの、つまりこういうことなのだろう？　さっき大巫女どのは、『秋のはじまりがわかれば春のはじまりがわかる。』といわれた。つまり、月がすばるに六回もどってくれば、秋から冬にかけての半年がたったことになり、春を知ることができる。」

「いやいや、ところがでござるよ。」

うれしそうに、老先生も笑った。

「『月』と『すばる』は、微妙に、ずれているのでござるよ。ひと月たってもどってきた月は、もとの形をしておらぬ。ふたたびすばるによりそうとき、月は満月ではなくなっているのでござるよ。」

あっ、そうか！

ドニは、詩のつづきを思い出して、心のなかで手をうった。

一連めでは「左目」だったところには「頭上」が、「ななかまど」だったところには、二連めでは「雪と冬の風」がはいっている。大地、つまり、アナ女神のうえで、季節が冬にはいったとき、すばるは空のてっぺんにあり、それによりそう月は――。

カエサルも、もちろんそれに気がついていた。覚えている詩句を、彼は正確にとなえた。

「頭の上のすばるは、半分の月の友だち。」

「ご明察じゃ。」

ピリドクス先生は、おおきくうなづいた。

「ここまでは、よろしいかな。」

そのとき、だまっていたシグルドが、声をだした。

「だれか来ます。ほら、たいまつが。」

「ミルチ先生でしょう。」

エニヤさまが言った。

「刻限をみはからってきてくれるように、お願いしていたのですよ。あかりなしで、丘をおりることはできませんから。」

シグルドが、くらがりをかけくだっていって、たいまつをもったミルチ先生と料理番の娘カテルを、その場につれてきた。たいまつは二つあり、この明るさがあれば、安全に坂道をおりられそうだった。迎えも来たことだし、この先の話は、学校にもどってからということになり、人々は、たいまつを前後にして、丘をくだりはじめたが、歩きながらも話は止まらなかった。シグルドが、ドニに、そっと話しかけてきたからだ。

「ねえドニ。いまちょっと思ったんだけれど――。秋から冬が、六ヶ月、春から夏も六ヶ月――足して一年は十二ヶ月――。でも、ことしガリアでは、『夏四の月』があったんだよね？」

ドニは返事をしなかったが、カエサルがそれをききつけた。

「『うるう月』だね？」

「そうです。一年が変則的に十三ヶ月になる年です。――ローマでもそうですか？」

シグルドはカエサルに言った。

「でもふつう――というか、わが族トレヴェリでは、うるう月は『冬の最後』にあるものなのです。それがどうして、今年は夏の最後に――。」

「飢饉だったからよ。」

シグルドの声をうるさいと思って、ドニはつっけんどんに言った。

「飢饉の年は、いつでもそうするのよ。」

「ドニ、それはすこしちがいますね。」

先をあるくエニヤさまが言った。

「ことしはそもそも、冬に『四の月』をくわえるべき『うるう年』でした。秋のはじまるとき――『秋分』のあとにすばるによりそう月が、二度つづけて満月にみえる年は、すでにあやういのです。それでわたしたちも、春の『六回目の月』をとても気をつけてみていたのですが――。」

「ことし、六度目の『月とすばる』は、太っておった。」

ピリドクス先生が、暗い声で言った。

「わしはそれを、ちゃんと警告したのに。」

詩の三連目。

ピリドクス先生は、たちどまった。

「詩の三連目、右目ですばると出会う、『五日月《いつかづき》』が、そのあきらかな警告なのじゃ。――アナ女神さまのお気に召さない月を見たとき、その次の月を『春』と呼んではならない。次の月の、もっと細い三日月をみるまで、冬を長くして待たねばならない。わしはそれを、ことしの『春の全部族長会議』で、声を大にして警告したのじゃ。」

そんな――。

ドニは息をつめて、それをきいた。

かりにも、賢者の中の賢者、アミアン巫女学校の暦学者の警告を、族長たちが無視するなんて、そんなこと、あるのだろうか。

「――それゆえ、今年は飢饉になりました。」

エニヤさまが言った。

「春でないのに、畑をおこし、種をまいて、ものがそだつわけがない。羊も牛も寒がって、外に出るのをいやがります。今年の飢饉は、おこるべくして起こった。」

みなが、ピリドクス先生とエニヤさまのまわりに、たちどまっていた。カエサルが、大きなためいきをついた。

「原因は、──わたしか。」

カエサルのその声が、ほんとうに、実のこもった声だったので、ドニはちょっとおどろいた。怒りだしてもおかしくないのに、カエサルはすまなそうに、からだをちぢめていた。

「わたしはそのとき、ブリタニアに同行する戦士をつのって、会議を混乱させてしまった。」

「それはちがうと思いますよ。」

ミルチ先生だった。

「ごぞんじのとおり、会議はいつでも紛糾するのです。でも、だれかが、あなたのせいにしようと、わざと混乱をあおった可能性はあります。ピリドクス先生も、おなじ意見です。」

「──。」

「カエサル。」

エニヤさまはいった。

「お心あたりは？」

「――ハエドゥイ族のドムノリクスかもしれないが――。」

「すでに、死んでいる男ですね。」

「さよう、わたしが成敗した。」

そのとき、丘の登り口とおぼしきあたりから、オーイ、オーイとよびかける男の声と、ゆれるもう一本のたいまつがのぼってきた。こちらのたいまつが、とちゅうで止まってしまったので、下にいた森番のコンラが、心配してのぼってきたのだった。

話しながら、人々はふたたび丘をおりはじめた。ドムノリクスという男について、ドニは知りたいと思ったが、大人たちはドニなどおかまいなしに、どんどん話を先にすすめてしまって、返事をしてくれそうなのは、シグルドしかいなかった。

気が進まないが、しかたない。

「ねえシグルド。」

ドニは話しかけた。

「ドムノリクスって？」

シグルドは返事をしなかった。

彼はこのとき、重大なあることを、とても深刻に考えはじめていたのだったが、なにもしらないドニは、ただ、それを自分への意地悪だとおもいこんで、もうにどとこの無礼者と口なんかきくものかと、憤然と思っただけであった。

ローマの暦ではとっくに新年だというのに、カエサルはまだ属州へ旅立とうとはしなかった。それどころか、彼はアミアンの町にいりびたるようになり、そこで、市長や、巫女学校の先生たち——おもにミルチ先生と、ピリドクス先生のお弟子の、天文学の先生だったが——と、頻繁に面会するようになった。

ミルチ先生は、それに、ドニを同道した。

「カエサルは、エニヤさまのお願いをきいて、とどまっておられるのですよ。」

不服そうなドニに、ミルチ先生はさとすように言った。

「敵の正体がわかるまでか、せめて季節が完全に冬になってしまうまで、アミアンを離れないでほしい、とね。これはわたしたちの安全のためです。ローマ軍がおそわれたら、アミアン市も、巫女学校も、かならずまきぞえをくうことになる——。」

もちろん、ドニが不平におもっているのは、そんなことではない。シグルドだ。カエサルはかならず、あのいまいましいシグルドをお供につれてくるのだ。

ミルチ先生の授業の都合にあわせて、会合はいつも、午後おそく、市長さん宅で、ときまっている。秋の夕暮れは早い。帰りは真っ暗。それでカエサルは、ドニがやめてくれといっているのに、毎回、わざわざ、その気もないのに、シグルドに二人を送って行けと言うのをわすれず、ドニの神経をさかなでしてくれるのだ。

ミルチ先生にも、それはおわかりのはずだ。だが、先生は大人のずるさを発揮なさって、そのことはひとことも話題にしようとしない。

町につくと、先生はドニなんかほったらかしだ。大人たちはこのところ、いまガリアじゅうを席巻している、「不穏当な流行語」について、夢中になって話しあっていた。今日は、エニヤさまのところにとどいた、オルレアン賢者学校校長のご見解を、市長とカエサルに伝えるらしい。

その「流行語」は、ドニも知っている。巫女学校でも、ほんの軽い冗談として流行《はや》りはじめたからだ。

——おれは自由だ。——

出たくない授業や、つらい当番の前後だ。皆で輪になって、まるで男の子のように、シュプレヒコールをあげる。

「おれは自由だ。自由な部族の息子だ。」

はからずも、シグルドのまえで、ドニはその言葉を口にした。午後のお菓子とのみものをもってきたメリプロスが、今日もまた彼を、当然のように、同じ部屋にいっしょにおいておこうとしたためだ。

「バン・コアルバ。」

大人たちは別室にいた。メリプロスはテーブルにお茶のしたくをおえると、しずかにへやのすみにいってひかえた。シグルドは、ちらっとそのほうを見て、顔をしかめ、嘆息した。

「そんなこと言うもんじゃない。それは裏切り者の口からでた言葉だ。」

ドニは、むっとした。

「ガリアの戦士は、自分以外の誰にも支配なんかされないのよ。それがなぜそんなに問題なの？」

「ドムノリクスの言葉だからだ。」

メリプロスを気にして、シグルドは、つとめておだやかに話そうとしていた。

「今年の——ローマの暦でいうと、もう『去年の』だけれど——春、ブリタニアへいく僕らガリア騎兵団が、イティウスの港に勢ぞろいしたとき、中に、ひとりだけ、ブリタニア行きをいやがった戦士がいた。それが、ドムノリクスだ。」

そのことは、おなじころ、王子マンドブラキウスとともにイティウスちかくの浜辺にいたドニにも、また聞きのまた聞きくらいの記憶がある。ドニは、みじかく言った。

「その人はもう死んだんでしょう？」

「人は人に動かされるのではない。人の言葉が人をうごかすのだ——。巫女や賢者はそういう考え方をするんじゃないのか。」

ドニはだまった。それを、シグルドは、話をきく気があるとうけとったようだった。

「ドムノリクスは、全ガリアの裏切り者なんだ。いいや、イティウスで脱走したからじゃない。理由はもっと以前にある。——あの男こそ、さいしょに、このガリアに野蛮なゲルマンよびよせた、張本人なんだよ。」

「それは知っているわ。」

以前、なにかの拍子に、ミルチ先生が話してくれたことがあるのだ。

「ハエドゥイ族の氏族長《リー》ドムノリクスは、かつて、ハエドゥイの部族全体をわがものにしようとして、実の兄で部族長《ウェルゴブレトス》のディビチアクスと戦うため、ガリアに、ゲルマン人をまねきいれた。ゲルマン人たちは、ドムノリクスとしめしあわせて、まず、ハエドゥイ族本体ではなく、その周辺の友好部族をおそった。それで、争いを好まないディビチアクスを、いくさのにわに、ひきずりこもうとした。」

ミルチ先生の部族ヘルヴェティ族は、そのとき、とばっちりでおそわれた弱小部族の一つである。アルプスの高原に所領をもつヘルヴェティ族は、そのとき、部族の地をすてて、はるか大西洋沿岸、アキテーヌの地にまで、にげだそうとした。ミルチ先生も、当時はずいぶん心配なさったのだろう。

「よく知っているね。」

その口調が、小さかった昔、子守りをしてもらっていたころの、やさしい記憶とかさなり、ドニはつい、口もとをゆるめてしまった。

いやいや、いけない。この男も裏切り者だ。いまどうなのかはともかく、いっときはわたしを殺そうとまでした、ドムノリクスより卑怯な、裏切り者なのだ。

彼が、つづけた。

「この騒動は、結局、ディビチアクスの要請をうけたカエサルが仲裁にはいってきて、乱暴なゲルマンを追い出してくれ、大事にはいたらなかった。ドムノリクスはそのとき、『じぶんの部族から民族の裏切り者をだしたくない』という兄ディビチアクスの懇望により、その蛮行を、みなに無視されるだけですんだ。——無視。誇り高い戦士ドムノリクスは、それを、侮辱、とうけとった。」

「へんだわね、その話。」

ドニはいじわるくさえぎった。

「それなら、ドムノリクスは、カエサルに進んでついていって、誇りをあかしだてしようとするはずじゃないの。ブリタニアで手柄さえたてれば、まえの不始末は帳消しだわ。」

「ふつうの考え方はそうだ。僕だってそう思ったよ。これはチャンスだ。部族と上王さまへの忠誠と、わが身の潔白を、ひとつの武勲で証明するチャンスだ、ってね。それでカエサルは、僕をトレヴェリの騎兵団長にしてくれて——。」

「あなたの話はいいわ。」

さえぎると、こんどはシグルドが、むっとした。

「そうだね。余計なことだった。」

シグルドはそのまま、しばらく黙った。沈黙のなかで、ドニは、しだいに、話のつづきが気になりはじめた。

「わからないわね。」

しかたなく、ドニはひとりごとのようにいった。

「ドムノリクスは気でもちがっていたのかしら。どうして自分から、討伐されるような真似を——。

いいえ、それよりやっぱり変なのは、どうして、わたしたちは、そんな、すでに死んでいる男を恐れなくちゃいけないのかってこと——。」

シグルドは、だまっていた。返事は、かえってこないかと、ドニは思った。

「——ドムノリクスは、僕らの前でこう言ったんだ。」

しばらくたってから、やっと、シグルドは言った。

「『おれは自由だ。自由な部族の息子だ。カエサルは各部族からゲルマンと仲のよいものだけをえらび、ブリタニアにつれていって、敵の戦車に轢き殺させようとしている。ガリアの勇敢なる戦士たちよ。諸君は本当に自分が自由身分のままだと思っているのか。カエサルに、馬に乗る奴隷としてこき使われているのがわからないのか。』」

「奴隷——？」

部屋には、メリプロスがいる。ドニは、彼が気をわるくするのではないかと、ちらとそのほうをみた。だが、シグルドは言葉をついでいた。ドニの考えていたこととは、全然ちがうことを、話し出した。

「あの言い方に、僕はききおぼえがあるんだ。そっくりおなじものの言い方をするガリア貴族を、僕はよく知ってる。ドニ、きみもいま、そう思ったんじゃないか？」

「え？」

「あのときすぐにカエサルに言えばよかったんだ。——僕はいつも、大事なところで抜けてる。いま、きみの疑いを、じぶんの力で晴らすこともできないようにね。そう、あのときも、ドムノリクスのあの口調が、そんなに重大なことだとはおもわなかったんだよ。——ねえドニ、どう思う？　ドムノリクスはほんとうに頭がおかしくなっていたのだろうか。もしそうじゃないとしたら？　だとすれば、ドムノリクスには、なにか、たしかな『当て』みたいなものがあって、不発だったけれどもあの言葉は、その合図だったのにちがいないんだ。――じゃあ、もし、ここまでが正しいとしたら――？　この春からの飢饉が、ほんとうに、大巫女さまのいうとおり、だれかが仕組んだものだったとしたら？　そして、これまでおこったことも、いまおこっていることも、このあいだのシャルトルの、上王タスゲティウスがおこした騒動もふくめてぜんぶ、一つながりの事件なのだとしたら？」

「なんなの。何をいっているの、シグルド。」

元婚約者が、なにをいおうとしているのか、ドニにもやっとわかりはじめた。

ドニも、おぼろげに、考えてはいたのだ。

ほんとうに、だれかが、意図的に暦を混乱させているとしたら――。そいつは皆といっしょに、狂った暦を使うだろうか。そうだ。そんなことをするような奴は、かならず、自分だけが安全でいようとする。そいつはもしかして、絶対に狂わない、正確無比な暦を、はじめから独占しているんじゃないのか？

シグルドは、嘆息した。頭をかかえこむようにしてうめいた。

「ああドニ。僕はどうすればいいんだ。」

トレヴェリ族は――ドニたちの部族は、ガリアで唯一、ロードス製の、最新の天文暦盤を持っている。もし、その人物が、賢者たちの一人をだきこむかなにかして、秘密のうちに、それを見ることができたとしたら?

「いまからでも遅くないわ。」

残酷なことを言っている、と自分でわかりながら、ドニは言った。

「それ、カエサルにいわなくちゃ。」

中庭のむこうが、急にさわがしくなった。カエサルが、飛びだしてきた。

「シグルド! メリプロス!」

二人とも、はじかれたように中庭に飛んででた。ドニが遅れて走り出ると、むこうからも、市長さんとミルチ先生が、おなじようにあわてたようすで姿をみせた。

馬ひけとめいじられたメリプロスが、いっさんに駆けだしていく。ドニはミルチ先生にかけよった。

「ああドニ、ドニ、どうしましょう。」

先生がふるえている。どうしたのだろう。まさか、泣いていらっしゃる?

「キケロさまの冬営地が、敵に――、たくさんの敵にかこまれて――。」

「なんですって。」

「大丈夫だ、ミルチどの。」

カエサルが言った。

「わたしが行く。むこうにはラビエヌスもいるんだ。すぐに助け出して帰ってくる。」

すると、シグルドが、なにか決心したように顔をあげた。

「わたしも連れて行ってください。わたし一人だけでも。——敵の正体について、心あたりがあります。かならず、お役にたちます。」

「シグルド、待って。」

ドニは、くずれそうになっているミルチ先生に右腕を貸したまま、婚約者の首に反対の腕をまわした。

「戦乙女《ブリギド》のキスが、あなたをまもりますように。」

先生のことは、市長さんが、ささえてくれた。ドニはのびあがり、シグルドにキスした。シグルドの腕が、ちからづよくドニをだきしめた。


すでに日は、とっぷりと暮れていた。

ドニは、月あかりをたよりに、ただの女の人のようになって泣いているミルチ先生を、かつぐようにして、やっと学校へ帰ったのだが、そのころには、学校にも、この非常事態が知らされていた。

「たどりついたのは、ネルヴィー族のウェルティコという人だそうですわ。」

いつもはとろくさいカルマンドア先生が、興奮してものすごい早口になっていた。一刻もはやく、ミルチ先生になにか指示をだしてもらわないと、おちついていられない様子だった。

「その人、ローマの格好でなくて、ガリア戦士の武装で——こねた泥で金髪をバリバリにたてて、毛皮のパンツ以外は真っ裸で、六万もの敵の包囲を、馬にのって駆け抜けてきたそうですわ。ライン河のほとりの『ネルヴィー族の地』から、何日も駆けどおしに駆けてきて、馬は、営門のところで、バッタリたおれて死んでしまったというお話ですわ。さいしょは知らせが本当かどうかもわからなくて、でも、その人がキケロさまの金の指輪を持っていたものですから——。」

ミルチ先生が、海ができるんじゃないかと思うほどの涙を、一息でひっこめてのけたのは、さすがだった。

「カルマンドア先生は、舎監のパリシア先生と、子供たちのところにいてください。おちついて、決して不確かなことをいわないように。いいですか。不安でたまらないのは、あなたよりも子供たちなのだというのを、忘れないように。」

「そうですわそうですわ。」

お作法の先生は、興奮して叫んだ。

「ローマ軍を襲うなんて、いったいどこの部族でしょう。子供たちの心配はそれなのです。じぶんたちの、親兄弟のことなのです。」

ミルチ先生はその場にしゃべりつづけるカルマンドア先生を残して、エニヤさまのいおりにむかった。ピリドクス先生はじめ、気力のたしかな先生がたが、あとにつづいた。

「ドニ。」

ミルチ先生は、いまや、この学校の守備隊長だった。もう安心していい。ドニは、はい、とこたえた。

「パンハさんに、寄宿舎でなにかあたたかいものを配るように言ってください。わたしが、決して反乱が学校におよぶことはないと言っていたと伝えて。」

「わかりました。」

「それから――。」

はしりだそうとするドニに、先生はつけくわえた。

「あなたもしっかりね。寄宿舎にいてはいけません。すぐにこちらへ戻っていらっしゃい。」

ドニが用事をおえてエニヤさまのいおりの前までくると、ローマ軍から、軍団長のトレボニウスがきて、くわしい状況を話してくれているところだった。

「カエサルは夜明けとともに出発します。いま、シグルドが騎兵四百をかきあつめているところです。」

反乱にくわわっているのは、エブロネス族、アドアトチ族の生き残り、そしてネルヴィー族の一部である。総数六万。これが、たった六千人そこその、キケロ冬営地を、とりかこんでいるという。

「エブロネス族は、すでに九千人を殺しています。」

エニヤさまのまえに通されたトレボニウスは、さらにくわしく話し出した。

「二十日ほどまえ、冬営に入ったばかりの、わがほうの第十四軍団は、部族長アンビオリクスにひきいられたエブロネス族の猛攻をうけ、たった一日で全滅させられたそうです。」

第十四軍団！

軍団長は、あのサビヌスとコッタだ。二人とものの笑顔を、ドニはおもいうかべた。

ミルチ先生が言った。

「アンビオリクスという名はきいたことがありますね。」

ピリドクス先生が憤然と応じた。

「あらいでか。わしの暦に、けちをつけおった若造だ。」

暦。

ドニは息をつめた。トレボニウスが話をつづけた。

「ウェルティコの話によると、血をみて興奮したアンビオリクスは、もと自分たちの支配者だったアドアトチ族の生き残りと、たまたま近所だったネルヴィー族のところへきて、あることないこと、大演説をぶったらしいのです。」

「アドアトチ族に生き残りがいたのですか。」

「ええ。さいしょから城にこもらなかった連中と、和平の約束を破るときまった時点で、城から脱出したごく少数の者たちが。ご承知のように、それ以外は、女子供もふくめて、死ぬか、奴隷に売られるかしてしまったのですが——。彼らのまえで、アンビオリクスはこうほざいたそうです。『自分たちが自由身分のままだと本当に思っているのか。もうすでにカエサルの奴隷にされていることに、どうして気づかないのか。』」

そっくりだわ。

ドニは確信した。シグルドの言っていることは正しい。自分が最強の自由戦士でなければ気がすまないガリア男に、この一言は、きついはずだ。

「トレボニウスさん。」

ドニはいった。

「シグルドも言っているとはおもいますけれど、――その言葉は、わが部族の反抗者、インドテオマルスの口ぶりとそっくりです。この騒動の裏に、あの者がいることはまちがいありません。」

トレボニウスはうなづいた。

「カエサルもそう考えている。――第十四軍団が全滅し、キケロ営がこのような危難にあっているのに、すぐそばのラビエヌス営がなんの行動もおこさないのはおかしい。おそらくすでに、彼もインドテオマルス派のものたちに囲まれているとみていいだろう。」

トレボニウスは、これから市長のところにも同じ話をしにいくと言い、カエサル不在のあいだ、自分が陣営をあずかることになった、と言い置いて、馬の背にとびのった。


翌朝、カエサルは、シグルドひきいる騎兵四百と、トレボニウスから借りた一個軍団をつかんで、東へととびだした。

昼夜をわかたず行軍をつづける、最強行軍だ。騎兵にも軍団兵にも、余計な荷物はもたせていない。それでも、キケロ営までは、最低六日はかかるのだ。

半日ほどすすむと、カエサル軍団は、アトレバティー族の領地のあたりで、まず、太っちょクラッススの軍団と出会った。前夜、早馬をだしてよびよせておいたものだ。

「アミアンの町へ。」

カエサルはすぐに命じた。

「トレボニウスが、丸腰で重要書類を守っている。すまないが軍団ごと、彼の指揮下に入ってもらいたい。」

軍団を任されているとはいえ、戦闘に不慣れだったクラッススは、この指示をかえって喜んだ。カエサルは、トレボニウスにも出した指示を、彼にも伝えた。

「アミアンに入ったら、動いてはいけない。冬営地と、町と巫女学校だけを守るのだ。また、ロスキウスとプランクスの軍団には、この事態を知らせていないから、問い合わせがきたら、彼らにも、そのまま持ち場を守るように指示すること。――第十四軍団でもキケロ営でも、やつらはわが軍を、甘言をろうして冬営地からおびき出そうとした。第十四軍団はそれにひっかかって悲劇にみまわれたのだ。三軍団とも、わたしが帰ってくるまで、なにがあってもその場をはなれないでほしい。」

そうこうするうちに、北の方角からさらに、モリニ族の地にいたファビウス軍団が合流してきた。

「大丈夫ですか、カエサル。」

若きクラッススは不安になってたずねた。

トレボニウス軍団も、ファビウス軍団も、一個軍団とかぞえるには、大きく定員割れをおこしている。どちらも、通常の一個軍団の、半分ほどしかいない。

カエサルはこの冬、ガリアの負担を考えて、兵の補充をしていなかった。

「大丈夫だ。」

カエサルは自信をもってうなづいた。

「どちらも頼りになるベテランぞろいだ。作戦はある。」

カエサルと二個軍団七千（正味一個軍団と少し）は、動きだした。クラッスス軍団からゆるゆると離れ、そして、しだいに速度をあげると、靴音もたかく、地平線のむこうへ消えていった。


戦士ウェルティコは、巫女学校のなかで、養生することになった。万一のことがあってはいけないという、ミルチ先生のお考えで、そのことはドニ以外の生徒には秘密にされ、ちょうど空き家だったカルマンドア先生宅の向かいが、仮の病院になった。

生徒のなかには、アドアトチ族の子も、エブロネス族の子もいる。同じネルヴィー族だからといって、安心することもできない。彼女らの「族」からみれば、怪我人は立派な裏切り者なのだ。生徒たちはみな、アミアン市を愛しており、それゆえにローマ軍を嫌ってはいなかったが、だからといってなにも起こらないとは、だれにも言いきれなかった。

はじめのうち、患者は、息をしているかどうかもわからなかった。

六日もかかって敵の中をぬけてきたにしては、身体に傷はすくない。全身に分厚く塗られた、なめらかな泥のおかげだ。乾くと、かたくしまって、よろいのかわりになるのだ。

いちばんひどいのが太腿の矢傷で、彼は深く食い込んだ矢を、賢明にも、飛びだした軸のところだけを折り取って、そのままにしていた。

傷自体は、清潔な泥のおかげで、消毒されていたのだが、矢じりののこった部分は、はれあがってとても痛そうだ。

矢じりは、残った部分がみじかすぎて、手で引き抜くことはできそうもない。ローマ軍からと町から医者がきて、薬草使いでもあるエニヤさまをまじえて、意識がないいまのうちに切りひらくか、体力が戻ってからにするか、話し合いになったが、そのあいだにも、ウェルティコはめざましく回復した。さすが、ガリア男は世界最強の戦士である。

カルマンドア先生の看護をうけ、エニヤさまの薬をのみ、パンハおばさんの心づくしの料理を食べ、かなりながいことしゃべれるようになった。

「インドテオマルスが裏で糸をひいているというご推察は、あたっていると思います。」

トレボニウスとクラッススがきている。くわしい話をきくためだ。

「ネルヴィーはおおきな部族です。一部とはいえ、動きだすのには時間がかかります。でも、このたびは急激でした。もし、わたしが抜けだすのが遅れていたら――わたしがキケロ閣下に事態を知らせていなかったら、閣下もいまごろ――。ほんとうにあぶなかった。」

ウェルティコは、ブリタニアに行ってかえるまでのあいだに、キケロとしたしくなったのだと言った。

「じつのところ、わたしはキケロ閣下は文学がご本業で、兵馬の道にはあまりお詳しくないものと思っていたのです。それで、お助けしなくてはと部族の輪をとびだしたのですが――。でも、降服勧告を蹴ったあと、心配する部下のかたがたに、まなじりを決して、『どうせ戦わねばならないのだ。ここでひるんだら男ではない。』といわれたときの雄々しさといったら！　あれで、全軍団が結束したのです。――ひきくらべて、わが同族は卑怯です。勝てさえすればどんな手でもかまわないというのは、あまりにも野蛮です。」

序盤の悪だくみに失敗したアンビオリクスたちは、ネルヴィー族に作戦をまかせた。彼らのローマ軍研究が、ガリアでは一番進んでいたからだ。

ネルヴィー族は、ガリアの得意戦法である騎馬での正面衝突を、ローマ軍がまったく恐れていないばかりか、ローマ式兵法では、騎馬自体が、戦場で補助的な役目しかはたしていないことに、気がついていた。

もともと、歩兵も強かったネルヴィー族は、それで、ローマのやりかたを、そっくり真似ることにしたのだ。

「キケロ営をかこんでいるのは、人や馬ではなく、壁です。キケロ閣下が急造した防壁の外側を、そっくりおなじ仕組みの包囲壁と櫓《やぐら》がかこんでいます。わたしより前にでた使者たちは、みな、この二重壁をこえるかこえないかのところでつかまって、殺されてしまった。わたしの時は、おりよく、向こうが火攻めをしかけてくれ、その混乱に乗じることができたのですが――。」

トレボニウスとクラッススは、顔をみあわせた。病人には、それを、かえって不安をあおってしまったかと心配する余裕さえあった。

「でも、陣営内の士気は高い。全員が、ローマ軍の誇りのため、全力でキケロ閣下をお助けしています。――これは、大隊長のお一人の見立てなのですが――こうなると、族長たちも、つぎの一手が打てないのではないか、というのです。あまりにもかたく囲みすぎて、かえってなにも仕掛けることができなくなっている、と。」

戦場は、地平線のはるか向こうだった。何日も、どこからも知らせはとどかなかった。カエサルは無事にそこへ着いたのか。キケロ営はいまどうなっているのか。ラビエヌス営は――。

敵は五倍、味方の半分は、包囲の中。

アミアン市も、冬営地も、巫女学校も、しずまりかえっていた。寒々と灰色の空に、不安が、時間といっしょに、ただよっているかのようだった。

「――エニヤさま――。」

いおりの入口に、ミルチ先生があらわれた。ドニが、カルマンドア先生のお手伝いで、席をはずしている間だった。

いおりの最奥で、戦の乙女神ブリギドに祈りをささげていた大巫女は、年上の下僚巫女の、思いつめた頬をみて、すべてを察した。

「おはいりください、ミルチ先生。わたしのとなりに。いっしょに祈りましょう、戦と知恵の乙女神に。」

秋二の月の二十八日。

ちらつきはじめた雪のなか、市壁にのぼって警戒にあたっていた当番のアミアン市民が、東の地平線に、見覚えのあるレミ族の毛皮商が、荷を満載した荷車を牛にひかせて、こちらへむかってくるのをみつけた。

「レミ族だぞ。味方だぞ。」

十台ほどの荷車を、五十人くらいの騎馬が守っている。戦意があるのなら、五十騎はすくなすぎる。

冬営地でも気がつき、営門のところに二人の軍団長が姿をあらわす。町のほうでは市長が市壁にのぼり、巫女学校ではミルチ先生が校門にでた。半分ほどくると、レミ族たちは戦意のないしるしに、いっせいに馬をおりた。

「ローマ騎兵がいる！」

市長が叫んだ。

「ガリア人の援軍騎兵だ！　あの服をみろ。馬に乗ったままのやつだ。カエサルからの伝令だ。元気な伝令だ。勝った。カエサルが勝ったんだ！」

レミ族も、うなづきながら手をふっている。そのころになると、町も冬営地も学校も、壁に柵に、人がすずなりになっていた。騎兵が速度をあげ、皆の前へきた。馬も元気だ。いなないて、さおだちしてみせた。

「勝利だ。」

伝令はよばわった。

「キケロ営は解放された。ラビエヌス営をかこんでいたインドテオマルスも、知らせをきいて逃げていった。」

Ⅳ

三日後——。

軍団旗をたかくかかげたローマの三軍団が、アミアンにかえってきた。

トレボニウス軍団とファビウス軍団は、本当に戦闘などあったのだろうかというくらい、怪我もなく元気だったが、救いだされたキケロ軍団は、ひどかった。ほとんどが傷をおっていた。歩くことも馬にのることもできずに、荷車にのせられたものもいる。その荷車を押し引きしているものも、どこかしら負傷しているというありさまだった。

巫女学校の「病院」は、大幅に拡張されていた。いくつかの教場が臨時の病室になり、傷の重いものについては、選ばれた生徒たちが、手分けして手当てにあたることになっていた。

ミルチ先生とドニは、たがいにすこしはなれたところで、目の前をとおる兵士の群れのなかに、それぞれに人をさがした。

ミルチ先生は、いまにも泣き出しそうな顔をしていた。先着した伝令によれば、クイントス・キケロは、無事であるが、寒さと働きすぎのため、倒れたとのことであったからだ。

キケロは、最後の荷車にいた。ミルチ先生をみつけると、青白い顔をおこした。

「やあ、面目ない。目をまわしてしまって――。面目ない。不正義に屈せず、戦いぬくはずだったんだが。」

軍団長のよろいの下に、キケロはお守りのように、ミルチ先生の腹巻きをしていた。ミルチ先生は、たまらず、荷車のふちにつかまって泣き出した。

学校正門のところで、ごったがえす怪我人の整理にあたっていたドニは、最後にかえってきた騎兵団のなかに、カエサルの深紅のマントをみつけると、すぐにそこへかけつけた。

カエサルはちょうど馬をおりるところだった。ちかづいて、なんとなく面変わりしてみえた理由がわかった。

顔が、ひげだらけなのだ。どうしたのだろう。いつもはお洒落に剃っているのに――。

よほどの戦いだったのね。

ドニはそれ以上深くは考えずに、いそいで彼にお帰りなさいのあいさつをすますと、同じく馬をおりはじめた騎兵たちのなかに、目当ての顔をさがした。

いない。シグルドがいない。

「大丈夫だドニ。シグルドは無事だ。」

放心しているドニを、カエサルが父親のようにだきしめてくれた。

「シグルドはラビエヌス営にいる。志願してわたしの指示を伝えにいったんだ。彼がいてくれてよかったよ。そのまま残って、ラビエヌスを助けてくれるそうだ。」

「トレヴェリは――わたしの族はどうなったんですか。」

「戦闘にはならなかった。」

カエサルの声は、妙にあかるかった。

「きみの大叔父さんは、われわれがキケロを救出すると、ラビエヌス営の包囲をやめて、帰ってしまったんだよ。」

なんだか悪い予感がする。

カエサルはさらに明るい声で言った。

「大丈夫。今回の反乱にも、きみのお父さんは無関係だ。シグルドは彼と、連絡をとりあうために残ったんだ。」

「――。」

悪い予感がする。とても悪い――。

ドニは無理にほほえんだ。安心したかい、とカエサルはきいたが、彼女はそれに、空虚にうなづくことしかできなかった。


帰営したカエサルは、ひげを伸ばしっぱなしにしたまま、まず、全ガリアに聞こえるように、全軍団に通達を出した。

「このひげは、今回全滅した第十四軍団の、復讐が成就するまで、決して剃ったりはしない。また、今年は南の属州へは帰らず、ここアミアン市において、皆と冬をすごすことにする。」

アミアン市は、前のひと冬で仲間同然になった、二人の軍団長サビヌスとコッタのために、ローマ軍と悲しみをともにしてくれた。

ウェルティコやトレボニウスから、インドテオマルスのきたないやりくちをきいた市長は、それを、商売にきた周辺部族に、大々的に吹聴した。巫女学校では、ピリドクス先生がオルレアン賢者学校に手紙を書き、暦をもてあそんでガリアに飢饉をまねいた、アンビオリクスとインドテオマルスの犯罪行為を明らかにした。

カエサルの行動力は、まるで一ヶ月くらい休みをとったあとみたいだった。アミアン本営には、新体制がしかれることになった。

まず、救出されたクイントス・キケロの軍団を、アミアンのすぐそばに配置、少しとおくにいた太っちょクラッススも、近いところに呼び寄せた。いままでアミアンに置いていたトレボニウス軍団にも、あらたに町の外に冬営地を築かせ、三方向から町を守るようにした。

トレボニウス軍団は、また、町の防衛とともに、カルテヌスやセノネスなどの中部ガリア部族への目配りもする。

実は——

この中部ガリア（セーヌ河南岸）では、カエサルの留守中、ある事件がもちあがっていた。

ここには、「エスビー族の地」に、ロスキウス軍団が駐留していたが、このロスキウス営に、いままで、ほぼおとなしかった、ブルターニュ付近の部族連合が、大挙しておしかけてきたのだ。

ガリア人が団体行動するときの常で、明確な指揮系統も組織も存在しなかったこの戦士の大群は、カエサルの勝報とともに雲散霧消したが、もしそれがあと半日おそければ、戦闘になっていたかもしれなかった。

彼らが、どういうつもりで、こんな無謀な徒党を組んだのかについては、カエサルはくわしくは問わなかった。ただ、だまって対策をしめし、次にこういうことがあれば、容赦はしないというのを、態度でみせたただけだった。

そして、ドニの一番の気がかり、トレヴェリ族に対しては——。

さすがのカエサルも、これは、春まで問題を塩漬けにしておくよりほかに、手をおもいつかなかった。カエサルもまた、友人である上王キンゲトリクスの安否を心配していた。それゆえ、最前線に、もっとも信頼する、ラビエヌスと第十軍団を残してきたのだ。

第十軍団は、近くのレミ族から、十分な量の兵糧をうけとっている。また、アミアンで学習したとおり、レンガと毛皮で木造の宿舎をおおって、陣営をかこむ壁は、いままでの軟弱なローマ式をあらため、ガリアの土壁を採用している。陣営にこもってさえいれば、たとえどんな攻撃をうけても、耐えられるはずだ——。

カエサルはそれを、じぶんの目でみたわけではない。ラビエヌスの通信で知っただけだ。ラビエヌスがそういうなら、まず間違いはない。

レミ族はいまや、北ガリアにおいてもっとも信頼のおける部族であるし、彼らが味方についていてさえくれれば、とりあえずこのひと冬の間は、このガリアの東の果て――ライン河西岸地域の安全をたもつことはできそうだった。

のこる問題はひとつ。キンゲトリクスの身の安全について――。

不幸なことに、これについては、動きがあった。トレヴェリ族の土地において、「最悪の事態」が、まさにこのとき進行中であった。

ラビエヌス営の攻略に失敗した「ドニの大叔父さん」インドテオマルスは、その怒りの矛先を、ドニの父にむけた。

彼は、だきこんだ賢者をつかって、ドニの父キンゲトリクスにだけしらせずに、「部族総動員」のお触れを発した。

これが発令されれば、部族員の男は、なにをおいても最上級の武装に身をつつんで、発令者のもとへかけつけなくてはならない。

集合場所に、最後にあらわれた者――たいていは、そのためにとっておいた捕虜が、この役をつとめるのだが――は、出陣のさいの血祭りとして、全部族員からひと太刀ずつきりつけられたうえ、さいごは発令者によって喉笛をかききられるのが決まりであった。

インドテオマルスは、ずるがしこかった。ドニの父の配下には、「上王さまも、当然この動員令を承知している。」とおもいこませた。キンゲトリクスが気づいたときには、すべてが手遅れだった。

キンゲトリクスは、部族長でありながら、その「最後の一人」になっていたのだ。


カエサルはさらに腕によりをかけて働きつづけた。

根雪がふかくなる前に、と、支配下にある南部ガリアとイリリアの属州へ指令を発し、ラヴェンナの役所で、今年はしないことにしていた新軍団の募集をはじめさせた。

新軍団は、二つ。そのぶんの軍団長を、カエサルは、すでにいる自分の部下たちのなかから昇格させた。

軍団長は、ローマにおいては、かずすくない、選挙を必要としない役職であった。属州総督もふくめて、ほかは例外なく選挙で選ばれるのに、属州総督の副官である軍団長だけは、総督が自分の裁量で任命することができたのだ。

ラヴェンナには、さらに指令があたえられた。

「決済書類をすべて運べ。事務のできる秘書をつけて。」

「秘書」というのは、カエサルが私費でやとっている、公務員外の事務官たちのことである。

雪空のなか、寒そうな格好の彼らと、書類の巻き物を満載した荷車が、わずかな騎兵にまもられて、アミアンへむかっている。

ローマへは、また、べつな手紙も書かれた。政界の大立者ポンペイウスに対してである。

カエサル、クラッススとあわせて、「三頭」とよばれているこの成り上がり者は、若いころは「狼」だの「偉大な」などといわれて、いい気分になっていたが、いまでは、分にすぎた強い力をもってしまったせいで、与えられた軍権を手放すこともできず、さりとてカエサルのように属州へ去る決心もつかず、ローマ郊外の別荘地アルバで、懊悩の日々をおくっていた。

カエサルはこれに、もし、今年もローマを離れないのであれば、すでに国家にあたえられた権利を行使し、このカエサルのために、かわって一個軍団を動員してくれないかと頼んだのだ。

ポンペイウスは、喜んで、第一軍団と名付けていた六千人を送ると約束し、それは実行された。彼は、愛してやまなかった、若妻ユリアの喪に服していた。ユリアは、カエサルの一人娘であった。

カエサルはこうして、さらに三つ目の新軍団を手に入れたのだ。

トレヴェリ族で、ついにインドテオマルスが上王を名乗った！

その知らせは、このころにはすでにアミアンにもたらされていたが、大人たちはみな、そのことについては、注意ぶかくドニに話さないようにしていた。

知らせは、ラビエヌス営からではなく、またもレミ族からきた。それは、さまざまなことを伝えてはいたが、肝心の、前上王キンゲトリクスについては、まったく情報がなかったのだ。

ラビエヌス営は、このころ、ふたたびとりかこまれてしまっていた。インドテオマルスは、そこから、ライン河の向こう岸にたくさんの使者をはなち、その地のゲルマン人たちにたいし、このあいだの第十四軍団への勝利を、針を棒ほどに誇張して、吹聴しているらしい。

また、自分のあとつぎとして、幼い孫——前上王と自分の娘のあいだにできた幼児（六歳）を指名したため、前上王派のなかには、インドテオマルスに鞍替えしようというものがではじめている。

こんなことをきかせても、ドニがかわいそうなだけだ。ラビエヌス営には、婚約者もいる。それも包囲されているのだ。

「なにか、気晴らしになるようなことはないか。去年は喜劇の上演をしたそうだが。」

カエサルは、このころにはすでに元気をとりもどしていた、クイントス・キケロに相談した。

「では行こう。みんな、ちゃんとあったかくしているかね。」

ドニが、クイントスさんやミルチ先生、太腿からやっと矢じりをぬいてもらってさっぱりしたウェルティコなどと、寒空のお月見をすることになったのは、四回目の「月とすばる」の夜である。

前のときとはちがい、今回の「月とすばる」は、日没の空の、天頂でみられた。

「頭の上のすばるは、半分の月の友だち。」

観測は、だからとくに高台である必要はなかった。巫女学校正門前の、踏み固められた雪の広場に、ドニたちはできるかぎりの厚着をして繰り出した。

「どうだねウェルティコ。すばらしいと思わんかね。撤退の道々、カエサルがわたしに話してくれたまんまだよ。」

まだうまく歩けないウェルティコを、ドニは杖がわりになってささえてやっていた。むこうがわの肩についているのは、専属看護人のカルマンドア先生だ。

「おっしゃるとおりです、キケロ。」

ウェルティコは、ラテン語でこたえた。

「こんなふうに、月と星をくみあわせて見るのは、はじめての経験です。わたしがわかる唯一の星は、むこうの空の『北の目当て星』だけで。」

カルマンドア先生のほうは、しばらく無言でふるえていた。巫女の一人とはいえ、行儀作法と織物編み物縫い物の教師にすぎない彼女が、これを見るのははじめてだったようだ。

「こわいわ。」

カルマンドア先生は、やがて、やっと、小さな声で言った。

「神々の罰が落ちてきそう。」

二人の大人は、それまで以上に身体をよせあった。邪魔になってはいけない。ドニは彼らからはなれた。

キケロとミルチ先生の姿がみえない。

ドニがあるきだそうとすると、きゅうに、あしもとで声がした。

キケロが、雪の上にあおむけにねそべっている。白い地面に白いトーガで、目に入らなかったのだ。

そばには、ミルチ先生がいるはずだったが、どこへ行かれたのだろう。

ドニがのぞきこむとキケロは笑って、自分の横の雪面を、ウールの手袋をはいた手で、にぶい音をさせてたたいた。

「じぶんが星空に浮かんでるみたいだ。すごいよ。」

その笑顔がまるで子供みたいで、ドニはつい、さそわれるままにとなりに腰をおろした。ねそべるのは、さすがにためらわれた。

「ウェルティコが幸せそうでよかった。愛情ってのはいいもんだね。わたしがローマで得られなかったものだ。」

「あなたも今は幸せなんでしょ。」

「まあね。」

キケロは言い、身じろぎした。

「――でも、あのひとはどうなんだろう。ねえドニ。」

キケロは、真顔だった。

「あのひとは、わたしのことを、どれくらい思ってくれていると思う?」

キケロには、ローマに妻子がいる。

巫女学校副校長の仕事を愛しているミルチ先生が、キケロのためとはいえ、それをやめて彼についていくとは、ドニにはどうしてもおもえなかった。

そもそも、キケロのほうは、ミルチ先生をどのくらい思っているのだろう。奥さんと離婚してもいいくらい？　でも、ローマ市民とガリア人の結婚だなんて、双方の社会で、こころよくうけいれてもらえるのだろうか。

「あなたが、案外真面目な人だっていうのは、わたしにもわかるわ。」

ドニはこたえた。

「わたし、ローマ人て、もっと不道徳な人たちだと思ってた。」

それをきくと、キケロは大きな声で笑い出した。

「それはカエサルだよ。あの人はローマでは、それはすごかったんだから。」

「なんのお話ですの？」

ミルチ先生がもどってきた。湯気のでているゴブレットを、人数分抱えている。先生はそれを、カルマンドア先生たちのところにも置いてきていた。

「カエサルの話だ、ミルチどの。」

キケロが言った。

「あなたも知るとおり、ここでのカエサルからは想像もつかない、ローマでのふしだらで軟弱な日々について。」

「まあ、嫁入り前の娘に。」

キケロはおきあがって、燗のついたワインをもらい、三人はドニをはさんで、親子のようにすわった。

「――カエサルは、変わったよ。」

キケロは言った。

「変わったよ。この北ガリアにきてからは、浮いた噂ひとつきかない。あのひげだらけの顔！　ローマじゃ、女みたいに、すね毛まで全部脱毛していたのに。」

すね毛？

ドニはわらいだし、ミルチ先生とだきあった。以前なら、行儀がわるいとしかられるところだが、ミルチ先生も笑っていた。

大人たちが、自分に、はれものにさわるように接していることに、ドニはきがついている。

キケロは言った。

「ひげはローマでは、喪中のしるしなんだよ。」

「ひげそりも、風呂も、着替えも禁止。ローマはここより暑いから、そうなるとくさくてね。」

ドニとミルチ先生は、またひとしきり笑い、それから、ドニはあることをおもいだした。

「喪中っていえば――本当に喪中なんですよね、カエサルは。」

お母さんとお嬢さんの――と、ドニは言い、つづけた。

「あのかたをみていると、そういうの、忘れちゃいますよね。あのかたがご機嫌を悪くしているところを、わたし、みたことがない。」

「ああ――そうだね。それだけに、――気の毒でね。」

「気の毒――。」

ほんとうにそうだわ、とドニは思う。あのひとは、そのことについて、ドニが手紙でひどいことを書きなぐっても、許して、みなかったことにしてくれた。はずかしい思い出だ。

それを口にだすと、キケロは悲しそうにかぶりをふった。

「きみの『ひどいこと』なんて、たいしたことじゃない。ローマは、もっとひどいことを彼にしてるよ。――属州総督は、ローマには帰れない。任期のあいだは、ルビコン川をこえてはいけないんだ。」

「どういうこと？」

「ローマは、彼を危険人物とみなしている。だから、元老院は、法律をたてにとって、カエサルの帰国をはばんでいるんだ。」

「どういうこと？」

ドニはくりかえした。

「それじゃ、娘さんとお母さんの――お葬式も――。」

「できない。ローマのカエサル家はいま、彼の妻カルプルニアが守っているけど、カルプルニアにもできない。法律に例外はないというのが、元老院の考え方だ。」

「じゃあ――、じゃあどうなるの、亡くなったお二人は。」

ドニはからだをふるわせた。

「ひどい――、なんてひどい国。こんなひどい話がこの世にあるなんて。――ねえクイントスさん。

あの人はローマのために戦っているんでしょう？　自分の国のために。それがどうして？　帰国することもできず、家族のお葬式も出せないなんて。そんな話、きいたことがないわ。それじゃ追放者か犯罪者じゃないの。」

「犯罪者——。」

キケロは、苦しそうに息をついた。

「そう思っている人も、いるんだとおもう。元老院の——貴族たちのなかには。」

ドニはなんだか脱力してしまい、ミルチ先生の肩によりかかった。ガリアで、カエサルとおなじことができる男は、まちがいなく大英雄だ。信じられない。なんで犯罪者あつかいされなくちゃいけないのだ。

ドニは鼻水をすすった。寒いからではない。泣けてきたのだ。

「亡くなられたお二人については、心配ないよ。」

キケロが、いそいで言った。

「さすがに、棺のまま放っておかれはしないから大丈夫だ。——兄の手紙だと、ポンペイウス・マーニュス——令嬢の旦那さんが、彼にかわって二つの葬儀を取り仕切ったらしい。」

「その話はもうおやめください、キケロさま。」

ミルチ先生が、ドニをかばうように、涙をふいてくれながら言った。

「ほらほら、ドニ。だめよ、こんな寒いところで泣いちゃ。頬が凍ってしまいますよ。」

「はい先生。」

なにかいわなくてはと思ったが、とっさに気のきいた言葉がうかんでこなかった。

「でもいま笑うのは無理です。」

大人たちはわらいだし、ドニはミルチ先生から、あたたかいワインをすこしだけもらって飲んだ。

空に、雲がでてきている。

ふりかえると、ウェルティコとカルマンドア先生は、どこへいったのか、姿がなくなっている。

雲は月にかかり、月がかげった。

それをしおに、三人もたちあがった。


ほどなく――

カエサルのところに、あたらしい三個軍団――新募集した二軍団と、スペインにいたポンペイウス第一軍団――が到着すると、カエサルはその新兵たちをアミアンの守りにのこし、使い慣れた兵をひきつれて、極秘のうちにネルヴィー族の討伐にでかけていった。

雪が深くなって、ネルヴィー族の村々は油断していた。そのひとつに、エブロネス族のアンビオリクスが、かくまわれているという知らせがきたのだ。

極秘の出動だから、アミアンの軍門には、あいかわらず、彼の真っ赤なマントがひるがえっている。

留守をあずかるキケロは、昼のあいだも、畑や牧草地だった周囲の雪原への警戒を、おこたらなかった。なんでも、包囲をうけているあいだ、そのわずかな手間を惜しんだために、せっかくのカエサルからの矢文が、十日あまりも野ざらしになるという失敗があったからだという。

――東の地平線に、ちかづいてくる人影がみえる。

その知らせがキケロのところにとどいたのは、そろそろカエサルも帰ってこようという、満月すぎの朝がたのことだった。

あれはシグルドではないか。

三つの点の一つをみわけたのは、残っていたトレヴェリ騎兵の一人である。使いのものが、ただちに学校へ走った。ドニが、呼んでこられた。

そのころには、ただの点だった人影は、朝日をうけて、はっきりと、馬に乗った三人のガリア戦士とみえはじめていた。ドニは逆光のまぶしさをこらえ、目をこらし、すぐに歓声をあげると、見張り台をとびおりて、かけだした。

「なんだ。なにごとだ。」

軍門の衛兵がおしとどめようとするのを、見張り台の者が止めた。走りながら、ドニは叫んでいた。うれしくて、涙がでてきた。人影が手をふってこたえ、彼らが馬の腹を蹴るのがみえた。

馬の速度は、なかなかあがらなかった。先頭の壮年の戦士が、ついにとびおりて走り出した。大声で、ドニの名を呼んだ。その馬の手綱を、シグルドが横からつかんだ。

「お父さま、お父さま！」

たがいのところまで走りついたとき、ドニはもう息がきれて倒れそうだった。父はドニの名を呼んで、吠えるように泣いていた。

ドニは父親のあつい胸板にとびこんだ。だきしめられると、戦場の、火と土のいりまじった、なつかしいにおいがした。

V

「こいつが誰かわかるか。」

トレヴェリ族の上王は、シグルドでない、もう一人のほうを、キケロに示した。

「そうだ、去年の秋に、かわいそうに一人だけ送り返されてきた、シグルド配下の援軍騎兵だ。こいつはずっとインドテオマルスのところで仲間はずれにされていたんだが、それを逆手に、シグルドと繋ぎをとって、俺たちの脱出の手引きをしてくれたんだ。」

キンゲトリクスは、自分の氏族《クラン》をつれて領地を出ると、まっすぐにインドテオマルスの包囲の鼻先をぬけて、ラビエヌス営にはいった。

「氏族《クラン》の民には、子連れも女づれもいたし、妹は病気がちで、具合があまりよくなかった。それで、俺はラビエヌスにそいつらをあずけて、身軽になってインドテオマルスと対決しようとしたんだが──。キケロどの、ラビエヌスってのは本当に賢い男だな。いまのうちにアミアンへ行けば、春の部族長会議に、インドテオマルスではなくてこの俺が、部族代表者として顔出しできるんじゃないかというんだ。いやあ、なるほどと思ったよ。」

キケロと彼は初対面だったが、キケロは相手の、腕や足の馬のような筋肉に、もうたじたじであった。キンゲトリクスのほうは、すでに彼を友達あつかいで、キケロに、ラテン語を褒められると、豪快に笑った。

「はっはっは、剣闘士ケルティウスって覚えてないか。フォロ・ロマーノでも小アジアでも、少しは知られた勇者だったんだが。」

カエサルが、ネルヴィー族に勝利して帰ってきたのは翌日のことだったが、そのときには、この元剣闘士の部族長は、すっかり冬営地の英雄になっていた。

「ガイウス！」

トレヴェリの王は、属州総督を親しみをこめて個人名で呼び、抱えあげんばかりのいきおいで、がしとだきしめた。ローマ人としては大きいカエサルの体格が、まるで子供のようだった。

「ケルティウス！　友よ！　いや、わが友キンゲトリクス！」

キケロからの伝令で、知らせをうけていたカエサルは、雪だらけの身体をはらいもせず、挨拶もそこそこに、ロードス以来の古い友の無事を喜んだ。

「こっちは散々だった。アンビオリクスには逃げられてしまうし、勝つには勝ったが一時は雪の中で立ち往生しそうになるし。そっちは？　ラビエヌス営はどんなぐあいだった？」

「包囲はされているが、大丈夫だ。本気で戦いたがっているのは、インドテオマルス派のわずかな連中だけだ。やつが頼りにしている河のむこうのゲルマンたちが、だれひとりライン河をわたってこようとしないんで、エブロネス族もネルヴィー族も、ただ遠巻きに様子をうかがってる。」

「ふうむ、で、ラビエヌスは？　決定的な打撃をあたえる機会を待つと言っていたろう？」

「そうだ。さすがよくわかるな。」

カエサルは、れいの笑い方でこたえた。ひげづらになっていても、チャーミングなところは以前とまったくかわらなかった。

「速さより確実さ。ラビエヌスの才能は、わたしとは正反対なんだ。」

「そりゃあいい。インドテオマルスは今そんなに我慢づよくないと思うぞ。部族長会議も近いことだしな。」

「では、そろそろ決着がつくころかな？」


ドニは、学校よりも、冬営地の、以前マンドブラキウスが住んでいた家にいることのほうが多くなった。父が、ここに仮住まいすることになったからだ。

王子が去ったあとも、空き家になっていたわけではないから、家はきれいである。この冬は、ローマ軍将校たちの集会所として使われており、軍団づきの奴隷たちによって、手入れがいきとどいていた。

シグルドのほうは、援軍騎兵隊長として、部下たちとともにいることを選んだので、目と鼻の先だが、別の場所にいた。以前、第十四軍団がいたあたりだ。

半月ほどで、父は部族長会議出席のため、カエサルといっしょに出発しなくてはならない。それまで、ドニはできるかぎり父とはなれず、文字通り寝食をともにしようと心にきめていた。

父親のほうは、幸せな結婚で得たあとつぎ娘を取り戻すことができて、心の底から満足していた。会えずにいるあいだに、すっかり大きくなった娘が、かたときもはなれず世話をやいてくれるので、幸せでいっぱいだ。

「それに、誤解がとけたのも、めでたいかぎりだ。」

キンゲトリクスがいうと、娘ははずかしそうに笑った。

「それは、カエサルのおかげ。シグルドはわたしに、理屈じゃなくてそのことを説明してくれたわ。」

「ふうん。」

キンゲトリクスは意味ありげにわらった。

「まあ、シグルドについては、俺もさいしょからへんだとは思っていたんだ。——シグルドが、おまえをだましてインドテオマルスにひきわたそうとしたときいたとき、なんだかいきさつが、小アジアあたりのへたくそなギリシャ悲劇みたいだったからな。シグルドもだまされたか、気がつかずに利用されたか——。でもそこで俺が、やつの無実を信じてるなんていえば、こんどはかえって、インドテオマルスはシグルドの命を狙うかも知れない。こんなやりかたをする以上、シグルドはやつにとって、もう不要な道具だというのは、見当がついたし。あのころ、俺たちのまわりは、あっちの手の者でいっぱいだったしな。」

父の頭のなかは、理屈というよりも、もっと動物的なもので組み立っている。勘、といってもいいかもしれない。王には、重要な能力だ。

それなら、わたしにもそう言ってくれればよかったんだわ。

ドニは思ったが、理屈では、それは無理なことだったとわかっている。あのとき、自分は、いまの十五歳ではなく、兄ともたのむ婚約者に裏切られて、おびえるだけの十歳の子供だった。父が、いまとおなじ説明をしてくれても、はたして理解できたかどうか——。

それをいうと、父は、だが、わらって、もっとひどいことを言った。

「おまえに話したら、ぶちこわしだ。おまえは嘘がへただ。こっちの考えが、あっちに筒抜けになってしまうじゃないか。」

ドニは唸り、だまってこぶしをふりあげた。そのときドアがあいて、はいってきたのは、シグルド——。

「わあっ、ルフ神のお慈悲を！」

怒れる「王女」のありさまに、シグルドは大いそぎで身を守るしぐさとともに叫んだ。

「巫女さま、女魔法使いさま、僕をネズミに変えないでください！」

シグルドは、昔から父の小姓づとめをしていたこともあって、父との仲の良さは、ドニの目からみても、「恋人どうし」のようで、ほほえましい。

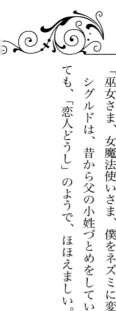

婿に娘を大事にしてほしければ、娘より婿に、愛情をしめすことだ、というガリアの格言を、父は真心でもって実行している。

シグルドは、カエサルにたのまれた、雪中行軍訓練について、配下のトレヴェリ騎兵団の配置や動かし方について、父に相談にきたのだった。

トレヴェリ騎兵団――。

そうだ。ドニには、それも、よくわからないことのひとつだったのだ。

「ねえ、あの人たちって――。」

相談が一段落したところで、ドニは二人にきいてみた。

「あの人たちは、さいしょインドテオマルス派からあつめられた人質、つまり敵だったのよね？　だからわたしも、あの人たちがブリタニアへいってしまうまでの間は、かくれていなきゃならなかった。だのに、どうして？　どうしてみんな、帰ってきたときには味方に変わっていたの？」

「そりゃあおまえ――。」

父と婚約者は、目をみかわし、さきに答えたのは、父だった。

「全員カエサルに惚れてしまったからだよ。」

ウンウン、とシグルドがうなづく。

「それに、ほかの部族の連中にはみんな迎えがきたのに、僕らにだけ誰も、会いにさえ来なかったっていうのも、効いたみたいだ。それにそのあとの、ラビエヌス営の包囲。あれは、悲しいよ。おまえたち全員惜しくない、不要だから殺されてもかまわないといわれたのと同じだもの。インドテオマルスは——。」

シグルドは、インドテオマルスを、もう「父」とはよばなかった。

「インドテオマルスは、もうガリア人じゃない。ゲルマン人とつきあっているうちに、骨の髄まで野蛮で残酷なゲルマンになってしまったんだよ。」

「ううむ。」

キンゲトリクスは唸った。

「それは、シグルド、おまえがローマを知ったから言えることだぞ。」

「ええ、それは——。」

シグルドはうなづき、キンゲトリクスとドニの双方にむかって、話しだした。

「ガリア人はみんな、さいしょはローマ人なんか大嫌いなんですよね。ちっちゃい身体で、蟻みたいに徒党をくんで、僕たちをとりかこんでくみふせようとする。男のすることじゃない。でも、いやいやながらでもいっしょに働いていると、ある日、はっと気が付くんだ。——ローマ人は、ガリアと『生活』しようとしてる。ガリアでものを買い、ローマのものを売り、僕たちと、なんというのか、『やりとり』をしたがってる、とね。」

ガリア「と」生活？　ガリア「で」ではなくて？　ドニは、シグルドのその言葉のえらびかたに驚いた。

「うむ、そうだな。」

父もうなづいた。

「ライン河の向こうのゲルマンたちは、そこのところがローマ人とはまったくちがっている。——ゲルマン人は戦うのは大好きだが、もっと好きなのは、ガリアの村を略奪することだ。俺たちは——、どういうわけか、ずっとそこのところに目をつぶって、やつらとつきあってきたんだな。——俺だって若いころはそうだったよ。ゲルマンの強さにあこがれる、馬鹿な若造だった。わけもわからずローマへいかされ、小アジアやギリシャをみて、帰ってきて、王位をついで——。そのころになってやっとだ。なんで俺の父——ドニ、おまえの祖父《じい》さまの先王アエクスが、後継ぎの俺を、あんな無茶な武者修行の旅に放り出したのかわかったのは。——ゲルマンは、ただの武力だ。なにも守らないし、なにも作らない。ただ、野獣のように、ものを持ち去る。やつらにとって俺たちは、いつでも来て狩りとっていってかまわない、えさにすぎないんだ。そんな連中と、いったいどんな明日が築ける？　それにきがついてしまうと、もうだめだ。やつらの武力に頼って、いいことがあるとは思えなくなるんだ。」

本当だ。

ここアミアンでも、そうだった。いまではみんな、ローマ兵たちのあの人なつこさが大好きだ。巫女学校の先生がたも、町の大人も、あのズボン職人のおじいさんも、そしてこのわたしも——。

すると、シグルドが言った。

「でも、僕には、それはカエサル自身の個人的な魅力のようにもおもえるんですが。」

「うむ。」

上王キンゲトリクスはうなづいた。

「だから、俺はガイウスを——ガイウス・ユリウス・カエサルを応援しているんだ。あんなやつが『平等の中の第一人者』だなんて、もったいないとおもわないか？　さっさとローマの王になってくれたほうが、このガリアのためにも、いいとはおもわないか？」

だが、

ガリアのなかには、まだ、そうは思わない連中が、多く存在したようだ。

トレヴェリ騎兵団を先生に、在アミアンの全軍が、雪中行軍訓練にいそしんでいるころ、カルテヌス族の地シャルトルで、またも困った事態が進展していた。

いつもながらの、族長同士の内ゲバだ。

シャルトルの町は、例年、あの「春の全部族長会議」の舞台になるところである。開催は、すでに半月後の「冬二の月の六日」(=立春)に迫っている。

政情不安な地は、ほかにもあった。

くだんのトレヴェリ族はもちろんのこと、カルテヌス族の友邦セノネス族などもそうだ。

北ガリア諸部族も、このころになると、レミ族やアミアン市とともにカエサルにつくがわと、インドテオマルスに味方しようという連中に、ようやく色分けされはじめていたが、そこは集団行動が苦手なガリア人のこと。これまでのしがらみなどから、方針転換についてこられない人々や、方針そのものにたてつく勢力があちこちにあらわれ、時にはその者たちだけで連合が組まれたりして、どうにも落ちつきがない。

「開催場所を変更する。」

その知らせがまわったのは、じつに集合当日まで十日をきった、「冬二の月」の新月の日であった。

「場所は、パリシ族の町、パリ。全部族、おくれずに参集のこと。」

カエサルはこのあとに、こうつづけた。

「会議にはローマ軍を代表してカエサル本人が出席する。来ない部族は、反乱準備をしているとみなす。」

ほとんどの部族長たちが、パリをめざした。来なかったのは、インドテオマルスのほかは、カルテヌス族とセノネス族の部族長だけであった。

パリの夜空に、「五番目の月とすばる」がかかっている。二千年後の芸術の都も、このころはまだアミアンよりも小さい、どこにでもある農村にすぎない。

「ローマ暦では、いまは四月だ。」

カエサルは古い友に言った。

「ナポリより南では、もう冬まきの小麦が音をたててのびはじめている。野菜や豆や、ぶどう畑の世話もはじまる。」

「暦の話か。」

キンゲトリクスは長い金髪の頭を、ぽりぽりとかいた。

「むずかしすぎて、俺にはよくわからん。」

「なにをいってる。ロードスで、わたしでも扱いに困るような、歯車だらけの暦盤を、おもしろがって買い込んだのはどこのどいつだ。」

「あはは、若気のいたりだ。」

議場では、ガリア人たちの、羽目をはずしたどんちゃんさわぎがつづいている。カエサルが軍団のほかに、ローマ商人にワインを荷車ではこばせてきたので、族長たちは飲み放題だ。

「言いたいことは、わかるぞ。」

キンゲトリクスが、持っていたさかづきをのみほすと、奴隷のメリプロスが、すぐにそれをみたした。

「おまえは、自分以外のだれかが総督になってここへきたとき、そいつが阿呆らしくも、ローマの暦をガリア人におしつけるんじゃないかと、それが心配なんだろう?」

「——。」

そんなことをしたら、——冬二の月の、こんなひえきった地面に、暦が示すからローマ本土と同じ農作業をしろと命じたら、どんなことになるか——。

「暦の研究は、いま、アレクサンドリアが一番進んでいるんだ。」

カエサルは言った。

「あたらしい暦をつくるというのはどうだろうな。ローマの古い暦も、ギリシャのも、エジプトのも全廃して、このガリアでもちゃんとつかえる、ローマ本土もすべての属州も網羅した、統一の暦。」

「ううむ。おまえならできる気がするが――。」

だが、どうやって？

キンゲトリクスは、それを口にださなかった。

元老院のかたくなな老人たち、戦場でしか力をだせない盟友、金勘定以外のことはまったく不得意な恩人――。

それらの人々をまえに、「平等の中の一個人」でしかない彼が、どうやってその必要を説くのだろう。いったい何人が、彼の考えを理解できるだろう。そしてこの頭のいい男が、どこまで自分のレベルをさげて、その連中に歩み寄れるだろう？

だから、王になれよ、ガイウス。

キンゲトリクスは、その言葉もまた、のみこんだ。

王は、楽だ。すべてのことが、気持ちいいくらいかたづいていく。すくなくとも、このガリアでは。

「カエサル！　こちらでしたか！　キンゲトリクスどのも。」

とんできたのは、ネルヴィ族の騎士ウェルティコであった。キケロとともに、アミアンにのこしてきたはずであった。

「カエサル。第十軍団のラビエヌスから伝令です。インドテオマルスを討ち取ったそうです。」

「インドテオマルスが？　死んだ？」

「包囲は。包囲はどうなった。」

カエサルとキンゲトリクスはほぼ同時に叫び、互いの顔をみあわせた。

「野郎、ラビエヌスめ、よくもやりやがったな。」

キンゲトリクスが舌打ちした。

「あいつは俺が一騎打ちで仕留めると言っておいたのに。」

「上王キンゲトリクス、そうがっかりしたものでもありませんぞ。」

ウェルティコが報告のつづきをのべた。

「トレヴェリ族は包囲をやめて引き返しましたが、新上王はあなたがまちがってお作りになった、あの幼児だそうです。」

「なんだって。あれはオシメもろくにとれていないガキじゃないか。」

「わが友よ。」

カエサルは言った。

「自分の子供に、多少は愛情とかないのか。」

「ない。」

即座に、キンゲトリクスは断言した。

「あれは酔わされて作らされた子だ。誓っていうが、一度だって抱きあげたこともない。俺の子はシグルドとドニだけだ。」

「女と老人の膝でそだった子供はひ弱です。」

ウェルティコも言った。

「部族民は、みな、あなたの帰還をねがっていることでしょう。」

呑めやうたえの宴席が、そのとき、さらに、どっとわいた。

「インドテオマルスが死んだ！」

レミ族とハエドゥイ族が、さかづきを突きあげている。

「ローマ軍が勝った。俺たちの勝利だ！」

翌日――

カエサルは、つれてきていた二個軍団をひきいて、欠席部族のひとつセノネス族の領地にせめこんだ。

セノネス族では、こんなに早くローマ軍が来るとは思ってもいず、重装備の歩兵団が休耕地に整列しただけで、たまげてしまった。

セノネス族もまた、さきのアンビオリクスのエブロネス族と同様、インドテオマルスの陰謀におどらされた、小さな部族にすぎなかった。反乱首謀者は、アッコという男だったが、これが、以前から親しくしていたハエドゥイ族をつうじてカエサルに詫びをいれ、カエサルは百人の人質を出させて、これをうけいれた。

シャルトルでの内紛も、このあとすぐに解決した。カルテヌス族も、レミ族に泣きついて、おなじく人質供出で、カエサルに許しをこうた。カエサルはこれもうけいれた。

VI

インドテオマルスなきあとのトレヴェリ族は、やがて、頼みのライン東岸のゲルマン人たちからも、みすてられはじめた。

まず、すでに河をわたってきていた連中が、抜けた。インドテオマルスが、金銀で釣って呼び寄せたものどもだった。おなじころ、ライン下流の、エブロネス族やネルヴィー族でもおなじことがおきはじめ、反乱軍は、ぼろ布の目がほつれるように、形をなくしていった。

インドテオマルスの親族たちは、劣勢を挽回しようと、いままで声をかけていなかった奥地のゲルマンにまで、世継ぎの幼児の名で手紙や使者をおくったが、逃げかえっていたゲルマンが、ローマ軍の装備やら、魔法のように立ち上がる巨大兵器やらについて、あることないこと言いふらしていたため、応じるものは皆無だった。

アンビオリクスの消息が知れたのは、めでたく六つ目の「月とすばる」が、ほっそりとやせたその姿を、夕星とともに西の空にあらわしたころである。

「やれやれ、これで安堵したわい。」

その日を指折りかぞえていたピリドクス先生が、胸をなでおろしている。

「次の満月すぎに『春のはじまりの日』がきて、その十日後の新月が、『春一の月』。その月の満月は春の満月だ。いやいやよかったよかった。ことしはこれで大豊作まちがいなし。」

ネルヴィー族を追い出されたアンビオリクスは、もっとずっと北の、メナピー族に身をよせていた。メナピー族は、このころはもう、全ガリアでただひとつ、カエサルと和平の約束をとりかわしていない部族として、大勢にとりのこされていた。

カエサルは、軍団の集結を指令した。アミアン周辺の全軍団に、冬営地をたたませ、その荷物をラビエヌスの陣営へむかわせた。

護衛についたのは、二個軍団。

あまり戦闘がとくいでない太っちょクラッススと、まだ怪我人だらけで数のそろわないクイントス・キケロの軍団が、その任にあたった。

お別れの日が、ちかづいている。

そう悟ったドニは、エニヤさまはじめ巫女学校の先生がた、アミアンの町で知り合った人々に、順々にさよならを言いにまわった。

「そう。ドニ、幸せにね。」

さいごに寄宿舎へいくと、なつかしい、小鳥のさえずりのような明るい声が、ドニをとりかこんだ。

「部族の女主人になるのでしょ。わたしは来年卒業で、そしたら南どなりのメデオマドリキ族の巫女頭よ。そのときはどうか、なかよくしてね。」

「ねえ、ところで——。」

女学生たちは、声をひそめた。

「ここだけの話だけど——ミルチ先生とカルマンドア先生——。これからどうなさるのかしら。」

ドニはただ、にこにこしながらだまっていたが、女の子たちはかまわずおしゃべりをつづけた。

「わたし、カルマンドア先生はウェルティコさんと結婚すると思ってたんだけど。」

「それよりミルチ先生よ。キケロ軍団長が、あのままあのかたをさらってってくれればよかったのよ。そしたらこの学校も、どんなに風通しがよくなったことか。」

「ミルチ先生はただのいじわるじゃないわ。」

ドニはおもわず言ってしまった。最後だとおもって、つい気がおおきくなってしまったようだ。

「先生はエニヤさまを尊敬なさっているし、規則にきびしいのはそれがお役目だからよ。もし先生がいなくなっても、次に副校長先生になる先生が、またおんなじお役目をすることになるだけだわ。」

そのとき——

「たいへんよみなさん！」

とんできたのは舎監のパリシア先生だった。

「ミルチ先生はどこ？　ああたいへん、学校の正門前で、あんなことがおきるなんて。ミルチ先生、ミルチ先生！　カルマンドアさんが——。」

女の子たちがかけつけてみると、正門前のひらけたところに、馬が一頭、間がわるそうにたたずみ、その前で、大人の男女がむきあっている。

「ウェルティコさん！」

ウェルティコは、きのう、アミアンをはなれたはずであった。ふたたび味方になったネルヴィー族への帰還がみとめられ、帰っていったはずであった。

「ありがとう！　ありがとうカルマンドアさん！」

ウェルティコは顔を真っ赤にして歓喜のおたけびをあげ、女学生たちに宣言した。

「やったッ。やりましたよみなさん！　ありがとうみなさん！　ドニもありがとう！　結婚します。わたしとカルマンドアさんは結婚します！」

ミルチ先生がかけつけてきた。

先生は、真っ赤になって放心しているカルマンドア先生に走りより、肩をつかんでゆさぶった。

「カルマンドアさん、カルマンドアさん！　よかったわ。ほんとうによかった。きのうこのかたが行ってしまったときには、ほんとうにどうなることかと——。」

カルマンドア先生は泣き出し、ミルチ先生が血のつながった姉さんのようにその肩をだきしめた。

パリシア先生が、うれしそうに拍手をはじめた。みんなもつづいた。

「ありがとうみなさん。」

ウェルティコは、ガリアの戦士らしく、その場から、獲得した花嫁を馬上にかつぎあげて、出発した。みんな、拍手喝采でそれをみおくった。

アミアンには、五個軍団が集結している。

シグルドは、いまや四千の騎馬をたばねる援軍騎兵団長として、押しも押されもしなかった。今回の、メナピー族討伐には、彼も部下たちとともに参加がきまっている。

「メナピーの平定には、さしたる時間はかからないでしょう。反逆者アンビオリクスを差し出させ、人質をとったら、いよいよわがトレヴェリ族の奪還です。」

アンビオリクスに逃げだす余裕を与えないように、行軍は「第二速度」——つまり強行軍が予定されている。そのために、荷物をすべて別送したのだ。

「メナピー族か。」

ドニをつれて、別行動で、まっすぐラビエヌス営へいかなくてはならないキンゲトリクスは、ちょっと不満そうだ。

トレヴェリ族には、まだ、旧インドテオマルス派の人々が、最後の虚勢をはっていた。幼いかりそめの世継ぎの母親——インドテオマルスの娘は、いまやすっかり女族長気取りで、性懲りもなく、ゲルマン風の武装に身をかざってラビエヌス営のまわりをうろついては、営内に滞在している、キンゲトリクスの妹や氏族民を、犯罪者としてひきわたせと迫っているという。

「インドテオマルスは死んでしまったし、俺は腕のふるいどころがもうない。せめて騎馬の一手でも指揮して、いいところをみせたかったんだが——。」

キンゲトリクスは、そこで、にっと笑った。

「というわけでな、シグルド。おまえだけいい格好はさせんぞ。俺はキケロに手紙を持って行ってもらったんだ。いや、ラビエヌスにではない。なあに、ちょっとした用件をな。」

手紙――。

父と婚約者が、その手紙のなかみについてあれこれ言いはじめるのを片耳できながら、ドニは、自分も、書かなくてはいけない手紙があることを思い出した。

王子――いや、トリノヴァンテス族の王マンドブラキウスに、手紙を書きたい、と、ドニはずっと思っていたのだった。いいことだけを書く手紙だ。父が迎えにきてくれた話、婚約者のこと、もうすぐ故郷に帰れること――。でも、そのためには、書かねばならないことが、ひとつわかっていなかった。

キケロと、ミルチ先生のことだ。

キケロはすでに、アミアンをはなれた。そのちょっと前から、彼は、ミルチ先生のことを、ドニに全然話さなくなっていたし、ミルチ先生は、聞かれないかぎり、そういうことをおっしゃるかたではない。

けれど、マンドブラキウスは、知りたいだろう。だって、二人の仲をとりもったのは、あの子なんだから――。

でも、だからって、わざわざ訪ねて行って根掘り葉掘り、というのはねえ。あんまりそれじゃ、乱暴よねえ。

ミルチ先生が、冬営地に姿をあらわしたのは、明日が、冬の最後の満月という日の、夕方だった。

「どうも、ミルチどの。」

出発時刻のせまっているカエサルは、いそがしそうに、それでもちょっとだけ挨拶しに出てきてくれた。

「明朝、全軍でメナピー族のところに発たなくてはならないのでね。市長や校長にもちゃんとご挨拶できなくて、もうしわけないとは思っていたんだ。ドニ、わたしのぶんもゆっくりお相手しておくれ。きみはたしか、あさっての出発だったよね。」

ミルチ先生は微笑んでいた。

「市長と大巫女さまには、わたしから伝えますわ、カエサル。めでたくアンビオリクスを討ち果たされますように。」

カエサルは、すると、真っ黒な、あのチャーミングなひとみで、じっとミルチ先生をみた。

「お幸せそうですね。」

「ええカエサル。しあわせですわ。」

「よかった。——ではこれで。」

カエサルは、出るまぎわ、事情がわからずにのんびり暖炉のそばにすわっていたドニの父をせきたてて、戸外へ引っ張り出していった。ドニも、このときは、カエサルがなぜそうしたのか、事情はまったくわからなかった。

「せっかちね、あいかわらず。」

ミルチ先生は苦笑してその背中をみおくり、それからドニに向き直った。

「あなたも、一族の地へ向かうのね。」

「はい先生。レミ族の人たちといっしょに。」

秋にやってきたレミ族の毛皮商は、冬のあいだに、もってきた商品をすべて売りつくし、あたらしく皮なめしの薬品なども買い込んで、アミアンをはなれようとしていた。ドニと父はその一行に、ラビエヌス営のすぐちかくまで連れて行ってもらえることになっている。

ミルチ先生はほほえんだ。

「ドニ、幸せ？」

「ええ、先生。」

でも——

なぜだろう。ドニには、先生も、とてもしあわせそうにみえる。

「あなたに、お願いがあるの。」

ミルチ先生が、下げていた小袋から、小さい包みをとりだした。

「これを、キケロさんに。」

うすくけずったシラカバの木の皮と、高価なパピルスのリボンで、きれいに包装されたそれ——。

それをさしだすミルチ先生の、手の指をみて、ドニは、おどろいて、あっと叫んだ。

「ミルチ先生、それ——。」

「じゃあ——開けるよ。」

品物をうけとると、キケロは言った。

——ラビエヌス冬営地までの旅は、とても平穏だった。キンゲトリクスが、ローマ軍から身分証をもらっていたので、一行は道々ずっと厚遇されつづけ、毛皮商人も大喜びだった。

着いてみると、そこは、三つの軍団と全軍団の荷物、そして、どうみてもドニたちの氏族だけとは思えない大量のトレヴェリ族たちで、ごったがえしている。

「反乱首謀者どもは、ライン河の向こうへ逃げていった。」

キンゲトリクスの顔をみるなり、ラビエヌスは言った。

「今、とりのこされた小物連中が、ああやって泣きの涙で許しを請いにきているところだ。——手紙がのこされていたそうだ。キンゲトリクス、君が若妻にあてた手紙。それをみて、彼女もあきらめがついたようなのだ。」

——これ以上争いをつづけて、かりそめにも血のつながりのあるおまえの幼い息子を、俺の手で殺すことになるのは悲しい。結婚の時に親からもたされたおまえの財産を、俺の財産から分離するのに同意するから、それをもってどこへでも行け。——

つまりそれは、にどとかえってくるな。離婚だ。ということであった。

「にげた先はわかっているのか。」

「スエビ諸族の、どれかだとおもうが――。あまり近くではないことを祈ろう。でないと、カエサルも皆のてまえ追撃隊をださなくてはならなくなる。」

カエサルは、すでに、メナピー族の平定を終え、こちらにむかっていた。今日にも到着するかも、という。

「残念だが、アンビオリクスはとりにがしたそうだ。」

ラビエヌスがいうと、ドニの父は、豪快に笑いだした。

「そいつは愉快だ。やつが、あの似合わないひげとおさらばするのは、まだ先のことになるってわけだ。」

ドニはそこで、ラビエヌスにキケロの居場所をきいたのだが、すぐに会いに行くことはできなかった。

ドニは父につれられ、なつかしい氏族民の面々との再会にのぞんだ。

ひと冬を、設備のととのったローマ軍冬営地ですごした父の妹――ドニの叔母は、すっかり顔色もよくなり、すこし年をとった感じはしたが、まだ十分に美人だった。父が彼女に、おまえあまり笑うな。なるべく仏頂面をしていろ。でないと、人妻好きのカエサルから、俺はおまえを隠さねばならんといいだしたときには、みんなその冗談にわらいころげた。

降服してきた人々には、カエサルの許しがないうちは、まだ会うことができない。

ラビエヌスは、でもまあ、大丈夫だろうと言っていた。みんな、父に実権がもどれば、その支配に服してくれるだろう。

ドニは、そっと、その場をぬけだした。

キケロは、営の西のはしの、ぶあつい「ガリア壁」の上に立って、北の空をみていた。

「カエサルは、あの方向から来るはずなんだ。こんなに彼を待ち遠しいと思ったのは、れいの包囲以来だよ。」

「待っているのは、カエサルなの？」

ドニは、ちょっとからかってみたくなって彼の顔をのぞきこんだ。

「クイントスさん、わたし、いいものを持っているんだけどな。」

「いいもの？」

ドニは、小さなそれを、パピルスのリボンのところで持ち、彼の目の前にひらひらとぶらさげてみせた。

「おおっ。これは！　ミルチさんはきみにあずけたのか！」

小競り合いののち、それを手にすると、キケロは大事そうに、それを手の中でころがしながら、言った。

「ローマではこういうのは、婚約のときに交換するんだ。カエサルが仲立ちしてくれて、でも、出発が迫っていたから、わたしはサイズをはかってもらうことしかできなかった。――じゃあ、開けるよ。」

キケロの指が、包みのあわせ目にふれると、シラカバの木の、あまいさわやかな香りが立った。

「指輪——。」

石もなにもついていない、表面に簡単な線彫りだけの、小さな鉄の指輪——。ミルチ先生の左手にはまっていたのと、おなじものだ。

「——ごらん。ここにわがキケロ家のしるし『ヒヨコ豆』。こっちはヘルヴェティ族の組みひもだ。——ドニ、わたしたちは婚約した。今はまだ軍務があるからできないが、ローマに帰ったら、まず一番に妻と離婚して、そしたらわたしはガリアに戻ってくる。ミルチさんは学校を出て、わたしたちはアミアンで暮らすんだ。」

「本当に？」

「本当にだ。大丈夫。わたしたちにはカエサルがついているんだから。」

キケロは指輪をはめ、包装をだいじそうにトーガのふところにおさめた。ミルチ先生の手のふれたものは、どれも彼にとっては宝物になるようだった。

鉄の指輪を、キケロは得意げに空や太陽にすかしてながめていたが、やがて、その手をどけて、地平線のほうを熱心にみつめはじめた。

その方角に、もやのようなものがみえる。かげろうや、霞《かすみ》とはちょっとちがう。風にまきあげられて、斜めにたちのぼっている。

「土けむりだわ。」

ドニは言った。

春のあたたかくかわいた大地を踏んで、整列した軍団がこちらにむかっている。ガリアの軍隊のように、野放図に、道も畑もなくひろがって作物を荒らしたりしない。人も馬も、みごとにならんで、軍団旗を先頭に——。

「見えた！　真っ赤なマント。カエサルよ。カエサルが来るわ！」

騎兵団の先頭を切る、あのみじかいマントは、シグルドにちがいない。

カエサルが来る。

カエサルが来る。

カエサルが——。

参考文献

本作を書くにあたり、参考にした書籍は次の通りです。

●カエサル自身の著作

・「ガリア戦記」　カエサル　著／近山金次　訳／岩波文庫

・「ガリア戦記」　カエサル　著／國原吉之助　訳／講談社学術文庫

・「内乱記」　カエサル　著／國原吉之助　訳／講談社学術文庫

●ギリシャ・ローマ史

・「ローマ人の物語」　塩野七生　著／新潮文庫

・「ローマの歴史」　I・モンタネッリ　著／藤沢道郎　訳／中公文庫

・「プルタルコス英雄伝　上中下」　プルタルコス　著／村川堅太郎　編／ちくま文庫

・「ローマ皇帝伝　上下」　スエトニウス　著／國原吉之助　訳／岩波文庫

・「ギリシア奇談集」　アイリアノス　著／松平千秋、中務哲郎　訳／岩波文庫

・「ルビコン　共和政ローマ崩壊への物語」　トム・ホランド　著／小林朋則　訳／本村凌二　監修／中央公論新社

●カエサルの伝記

・「カエサル」　長谷川博隆　著／講談社学術文庫

●ガリア・ケルト関係

・「新装版　ケルト人　古代ヨーロッパ先住民族」　ゲルハルト・ヘルム　著／関　楠生　訳／河出書房新社

・「ケルト神話と中世騎士物語「他界」への旅と冒険」　田中仁彦　著／中公新書

●文化一般および戦争

・「西洋服飾発達史　古代・中世編」　丹野　郁　著／光生館

・「古代ローマ人の24時間　よみがえる帝都ローマの民衆生活」　アルベルト・アンジェラ　著／関口英子　訳／河出書房新社

・「食べるギリシャ人――古典文学グルメ紀行」

丹下和彦　著／岩波新書
・「作家の口福　赤く熟したイチイの実には」
清水真砂子　著／朝日新聞２０１３年１０月５日付コラム
・「メディカルハーブ　薬用ハーブ完全図鑑ガイド」
ペネラピ・オディ　著／衣川湍水　上馬場和夫　監修
／近藤　修　訳／日本ヴォーグ社
・「世界ビール大百科」
フレッド・エクハード　クリスティン・P・ローズ　他　著
／田村　功　訳／大修館書店
・「ラテン語図解辞典　古代ローマの文化と風俗」
水谷智洋　著／研究社

●文学――

・「筑摩世界文學大系　４　ギリシア・ローマ劇集」
訳者代表　呉　茂一／筑摩書房
・「内乱――パルサリア――（上下）」
ルーカーヌス　著／大西英文　訳／岩波文庫

●天文と暦――

・ＮＨＫテレビ番組
「コズミックフロント　世界最古の天文盤!?
謎のネブラ・スカイディスク」
ＮＨＫＢＳプレミアム／放送日時２０１３年７月18日午後10時
・ＮＨＫテレビ番組
「地球ドラマチック　世界最古のコンピューター
～宇宙を再現！古代ギリシャの技術」
ＮＨＫ　Ｅテレ／放送日時２０１４年３月17日午前０時
・「星座のはなし」
野尻抱影　著／ちくま文庫
・「星座春秋」
野尻抱影　著／講談社学術文庫
・「現代こよみ読み解き事典」
岡田芳朗　阿久根末忠　編著／柏書房

●地図と旅行ガイド――

・「地球の歩き方Ａ09イタリア 2007～2008年版」
「地球の歩き方」編集室／ダイヤモンド・ビッグ社
・「新個人旅行　'07～'08　イタリア」
Ｐ.Ｍ.Ａトライアングル、カルチャープロ　編／昭文社
・「ワールドガイド　フランス　'07」
海外情報部　企画編集／ＪＴＢパブリッシング

以上

シーザー アンド アイ
――総督ガイウスとアミアンの巫女――

2016年 10月 21日　初版発行

著　　者　江森　備
発 行 者　左田野　渉
発 行 所　株式会社復刊ドットコム
〒 105-0012
東京都港区芝大門 2-2-1
ユニゾ芝大門二丁目ビル
TEL：03-6800-4460
http://www.fukkan.com/
印刷・製本　株式会社デジタル　パブリッシング　サービス

Printed in Japan ISBN978-4-8354-5413-9 C0093

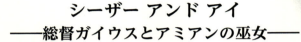